Diese Geschichte beschreibt das Leben in einem kleinen Dorf irgendwo in Deutschland.

Sie schildert, wie das nach außen so friedliche Miteinander durch plötzliche Veränderungen auseinanderbricht,

wie dadurch gegenseitiges Misstrauen entsteht und Gier nach Liebe und Geld, Charaktere verändert und keine Rücksicht aufeinander nimmt.

CLAUDIRO

Schleichwege

Weg zum Leben, Weg zum Tod.

Dörflicher Thriller

1. Auflage 2020
Autor: CLAUDIRO
Verlag und Druck:
tredition GmbH, Halenreihe 40-44 22359 Hamburg
978-3-347-03768-7 (Paperback)
978-3-347-03770-0 (Hardcover)
978-3-347-03771-7 (e-Book)

Schleichwege

Mit leicht quietschenden Bremsen hielt der Bus an der Haltestelle in *Werthausen.*

Wie immer in der Mittagszeit war er circa zehn Minuten verspätet, weil er im Nachbardorf meist vor einer Bahnschranke halten musste und der Zug auch regelmäßig später kam.

Horst, der Eigentümer des einzigen Dorfladens hatte, wie stets um diese Zeit schon auf den Bus gewartet.

Er wartete jeden Tag auf jeden Bus, der vor seinem Haus an der Haltestelle hält.

Allgemein wurde über ihn geflüstert, dass er sehr neugierig sei.

Durch die Scheibe der Ladeneingangstür hatte er die Bushaltestelle genau im Auge.

Wenn kein Kunde in seinem Laden war huschte er schnell durch die Ladentür, um ein kleines Schwätzchen mit den austeigenden Fahrgästen zu halten oder er beriet Menschen, die mit dem Bus in die Stadt fahren wollten, was sie nicht kaufen sollten, weil sie es bei ihm günstiger erwerben könnten.

Ein Kontrollblick auf die alte Wanduhr sagte ihm, dass

der Bus heute etwas pünktlicher war, dann begab er sich rasch vor die Tür, um zu sehen wer aus- oder einstieg.

Im Winter stand er hinter seiner großen Ladenscheibe, dann war es ihm draußen zu kalt.

In der Regel begrüßte der die Fahrgäste mit ein paar netten Worten, auch nicht zuletzt, um sie noch in seinen Laden zu locken, es könnte ja noch ein kleines Geschäft drin sein.

Überwiegend war es aber die Neugierde. Er wollte halt wissen, wo einer hinwollte oder wo er kam, was er erlebt hatte und vor allen Dingen was er eingekauft hat.

Das war der wirkliche Grund, er hatte sein Verhalten auch so seiner Frau erklärt und die fand das sehr geschäftstüchtig von ihrem Mann.

In so einem kleinen Dorf war es wichtig, gerade als einziger Ladenbesitzer die Gewohnheiten seiner Bürger zu kennen und vor allen Dingen musste er ja auch neue Informationen als Erster weiterverbreiten können.

So ein Dorfladen war der Ort, wo die Bewohner dieses kleinen Ortes sich trafen, um Neuigkeiten zu erfahren. Manchmal tranken sie auch eine Flasche Bier oder rauchten vor der Tür noch schnell eine Zigarre, Zigarette, einige auch ihre

Pfeife bevor sie sich dann wieder ihrem Haus und ihrer Arbeit zuwandten.

Diesmal stieg nur eine junge Frau, so um die zwanzig aus.

Das ist ja ein strammes Mädchen, dachte er, als er sie sah. Circa 1,75 groß. Pechschwarze Haare und ordentlich Holz vor der Hütte.

„Bist du die neue Magd von Meierling?", fragte er unverblümt, mit über seinen Bauch verschränkten Armen, ohne sie zu begrüßen.

Sie schaute hoch und antwortet kurz: *„Ja."*

„Immer die Straße gerade aus und nach fünfhundert Metern links in die Hofeinfahrt einbiegen. Kannst dich nicht verlaufen", wies er ihr ungefragt den Weg.

Ja, es war im Ort allgemein bekannt, dass *Meierling* eine neue Magd erwartet, die alte war mit ihren sechsundfünfzig Jahren noch einmal schwanger geworden und zu ihrem Bräutigam, dem möglichen Vater ihres baldigen Kindes, ins Nachbardorf gezogen.

Für die *Meierlings* war das sehr unpassend gewesen. Es begann gerade die Heuernte und da fehlte eine Person auf dem Hof.

Hinter vorgehaltener Hand wurde im Dorf geflüstert, dass der Bräutigam wohl nicht der Vater sei.

Es standen durchaus einige kräftige Burschen aus dem Dorf in Verdacht, darunter auch verheiratete aber nach außen ehrbare Bürger.

Solche Verdächtigungen verbreitete man steht flüsternd, hinter vorgehaltener Hand leise weiterer.:

„Aber nicht sagen, dass ich Dir das erzählt habe", wurde meist der Information über solche Geheimnisse angefügt.

Die Frau nickte und ging weiter.

Gerade in diesem Moment kam *Flitze Jäger* mit seinem Moped, einer NSU Quickly um die Ecke gebogen, er war seit einigen Jahren der Postbote des Dorfes.

Als die Bundeswehr gegründet wurde, hatte er sich gleich gemeldet und war nach vier Jahre gegangen worden. Trotzdem wurde er in den öffentlichen Dienst bei der Post übernommen und trug nun Tag für Tag die Briefe und die Zeitungen im Dorf aus, indem er selbst in einem kleinen Haus am Dorfrand wohnte.

Er war ledig. Die Frau, mit der er vierundzwanzig Jahre verheiratet war, war ihm kurz vor der Silberhochzeit abgehauen.

Sein Vorname war *Werner* aber alle nannten ihn *Flitze*, weil er Tag für Tag mit seinem Moped durchs Dorf raste.

Flitze kannte Jeder im Dorf und auch er meinte Jeden zu

kennen.

Manche Dörfler meinten er könne den Inhalt der Briefe die er austrug durch den Umschlag lesen, da er über alles informiert war, was darin geschrieben stand.

Jeden Tag gegen Mittag, wenn seine Posttasche leer war und er nur noch die beiden Briefkästen im Dorf leeren musste, wovon einer direkt bei *Horst* neben der Tür zum Laden montiert war, ging er erst einmal eine Flasche Bier bei ihm trinken.

Manchmal bekam er auch eine Flasche von den anderen durstigen Kehlen im Landen spendiert.

Selbst war er auch nicht so. Er konnte gut in seine Tasche kommen und eine Runde schmeißen.

Nach dem ersten Schluck aus der Pulle berichtete er dann den Anwesenden welche Post, wer von wem im Dorf bekommen hat, damit auch alle im Ort über jeden Briefverkehr informiert waren.

Bei einigen Häusern, in denen alleinstehende Frauen wohnten, blieb er oft etwas länger: *„Die betreue ich persönlich"*, sagte er oft, wenn er darauf angesprochen wurde: *„Das sind einsame Frauen, die brauchen manchmal meine Hilfe."*

„Da ist mal ein Rohr geplatzt, das repariere ich kurzer Hand

oder ein Schrank ist zu verrücken, da muss ich als Mann doch mit anfassen, das kann doch so eine Frau nicht allein."

Bei einer dieser Frauen war in der Woche immer etwas zu tun. Das hat auch seine Frau lange geglaubt, bis sie herausbekommen hat, dass die Dienste ihres Mannes auch körperlicher Natur waren und ihn zur Rede gestellt.

Daraufhin stellte er seine Dienste auch vorrübergehend ein, bis wieder Not am Mann war und seine Hilfe dringend notwendig wurde.

Das erschien seiner Frau zu viel und eines Tages als er von seiner Tour durchs Dorf zurückkam war sie ausgezogen.

Er hatte nicht lange getrauert.

Da er Koch gelernt hatte, konnte er sich selbst versorgen. Seine Wäsche nahm er mit zum Postaustragen und lies sie abwechselnd von den Frauen waschen, die er in anderen Dingen unter die Arme griff und nicht nur unter die Arme.

In jedem Verein im Dorf war er Mitglied und bei Versammlungen oder Feiern, war er der Erste der kam und der Letzte der ging, oft nicht allein.

Die neue Magd hatte ihren Weg fortgesetzt.

Von der Straße führte ein kurzer Weg bis zur Haustür des großen Bauergehöftes.

Sie ging an dem vorgelagerten Hühnerhof vorbei, wo ein bunter, kräftiger Hahn sie mit einem fröhlichen Kikeriki, begrüßte, bevor er dann in einem großen Bogen über den ausgedehnten Hof rannte.

Vor der Hundehütte lag ein fetter, schwarzer Hund, der aber nur müde die Augenbraue öffnete und in der Mittagsonne weiter döste.

Er hatte schon viele Mädchen kommen und gehen sehen und das nicht nur am Tage. da lohnte es sich für ihn nicht auch nur dem leisesten Ton von sich zu geben.

Sie klopfte an die Haupteingangstür. Eine Klingel gab es scheinbar auf diesen durchaus gut erhaltenen Hof nicht. Es meldete sich keiner.

Was sie nicht wusste, durch diese Tür wurde nur an Sonn- und Feiertagen gegangen oder bei besonderen Anlässen, wie Geburten, Verlobungen und Hochzeiten, manchmal auch zu Geburtstagen aber nur zu runden die anderen wurden immer in der Küche gefeiert.

Auch ein verstorbenes Mitglied der Familie trat, nachdem auf der Diele des Hauses die Trauerfeier abgehalten worden war seinen letzten Gang, mit großem Gefolge zum Friedhof durch diese Tür an.

Verstarb jemand von den Mägden oder Knechten, stand

der Sarg vor der Kuhstallkrippe und schon nach wenigen Worten des Dorfpfarrers trug man ihn zu dem Totenwagen, der vor der Tür stand und ab gings zum Friedhof. Ihm folgten nur wenige Trauergäste

Nach einer Weile sah sie links um die Ecke eine weitere Tür.

Sie öffnete diese vorsichtig, da sich auch da nach mehrmaligem Klopfen keiner gemeldet hatte und stand in einer Art Küche.

In der Mitte ein großer Tisch, an den mindestens zehn Leute Platz finden.

An der linken Seite zwei übergroße Schränke.

In dem einen schien das Porzellan abgestellt zu sein, das sah sie durch die Scheibe im Oberteil des Schrankes, die wohl durch eine kleine Gardine verdeckt werden sollte aber zur Seite geschoben war.

Den Inhalt des anderen Schrankes konnte sie nicht sehen, nahm aber aus der Erfahrung, die sie auf anderen Höfen gesammelt hatte an, dass hier Reinigungsmitteln, Tischlaken, Waschlappen und Handtücher gelagert waren.

Nahrung wie Brot, Schmalz, ÖL und Wurst wurde im kühlen Keller deponiert.

Einen Kühlschrank sah sie in der Küche nicht.

Meilerling hatte seiner Frau schon oft vorgeschlagen so ein neumodernes Gerät zu kaufen, sie hatte es aber immer mit den Worten: "Son modernen Schiet brauchen wir nicht, unser Keller ist Kühl genug", abgelehnt.

Bissspuren von anderen Bewohnern des Kellers an Brot oder Wurst wurden von ihr vor dem Servieren mit dem Messer entfernt.

Gewürze, Salz, Zucker und Essig standen auf einem Bord neben dem Ofen.

Geradeaus, ganz links war eine Tür, die wohl zum Hinterhof führte, das erkannte sie an der Helligkeit hinter der Milchglasscheibe im oberen Drittel der Tür.

Neben dem Lichtschalter stand ein übergroßer Schrank auf dem mehrere Schalen mit Milch, nur mit Seiten der Tageszeitung abgedeckt, zur Veredelung zum Dickmilch-Nachtisch abgestellt waren.

Dann kam ein Gasherd, wie er in dieser Zeit als modernes Kochgerät auf vielen Höfen üblich war und unmittelbar daneben ein Herd, der wohl überwiegen in der kalten Jahreszeit mit Holz geheizt den Raum wärmte, das erkannte sie an dem großem Holzstapel, der zwischen dem Herd und einer Tür, die in einen weiteren Raum führte zu sehen war.

Auf dem Holz lagen zwei Katzen und blinzelten sie an.

An der rechten, hinteren Seite des Raumes waren zwei weitere Türen zu sehen, an die sich ein Spülstein vorm End mit einer Handpumpe und daneben ein Wasserhahn, der leicht vor sich hin tropfte, anschloss.

An dem Ablaufbrett des Spülsteins drehte ihr eine dürre Frau den Rücken zu.

Auf ihr Räuspern drehte sich die Frau um und starrte sie mit finsterem Blick an:

„Wat willste?", murrte sie dann.

„Guten Tag", sagte das Mädchen, *„ich bin die neue Magd und soll mich heute bei Ihnen melden."*

„Neue Magd? davon weiß ich ja nichts. Moment ich rufe unser Vadder", dann brüllte sie laut:

„Heinrich, komm mal runter, hier is Eine!"

Dann schaute sie das Mädchen das erste Mal richtig von unten bis oben an und sagte: *„Stell deinen Koffer dahin, nimm das Handtuch und trockne ab!"*

„Wie heißt du denn?"

„Mein Name ist Sophie", antwortete das Mädchen beim Geschirr abtrocknen.

„Ja, und wie weiter und von wo kommste?"

„*Sophie Dreier und ich komme vom Balingshof aus Strohausen, das ist ein Dorf auf der anderen Seite der Grante.*" Die *Grante* war ein kleiner Fluss, der die Region in zwei Hälften teilte. *Sophie* erkannte, dass sie eine sehr verhärmt aussehende Frau am Ende des Mittelalter vor sich hatte, deren Schürze durchnässt und mit Speisenresten bekleckert einen unangenehmen Geruch verbreitete.

In diesem Augenblick ging die Tür auf und ein verschlafener Mann mittleren Alters schaute herein.

„*Tach. Ich bin Heinrich und du die neue Magd. Is doch richtig, oder*"?

Sie nickte.

„*Schön dasse schon da bist. Hast meine Frau ja schon kennengelernt*".

„*Weiß ich ja nichts von, dass wir einen neue Magd kriegen*", murrte die Frau am Spülstein:

„*Habe ich dir doch gesagt, dass ich über die Kasse Verbindung mit Rosen Herrmann vom Balingshof Kontakt aufgenommen habe, weil seine Tochter ausse Schule gekommen is und er seine Magd nich mehr braucht*".

„*Habe ich vergessen. Habe ja auch genug zu tun, damit ich dir und Max alles vorn Arsch trage*", knurrte sie und drehte sich wieder zum Spülstein um.

So ein flotter Mann und so eine alte Frau dachte *Sophie*.

„Sie heißt Sophie", rief seine Frau.

„Kannst ihr ja, wenn se fertig mit Abtrocknen is, ihre Kammer zeigen. Soll sich dann sofort umziehen und gleich mit raus ins Heu", rief sie dann herrisch zu ihm.

„Ne, du kommst sofort mit", sagte er zu Sophie. *„abtrocknen kann se alleine"*.

Er gab ihr einen Wink mit dem Arm: *„Hier geht's lang."*

Er öffnete die eine Tür und stelzte voran.

Sie schritten erst zwischen den Kuh- und Pferdestall hindurch und dann über den Hof.

Zwischen Haupthaus und Diele war ein kleiner Anbau. Da lagen wohl die Schlafräume der Knechte und Mägde dachte sie, als der Bauer, sich zur ihr grinsend umblickend zur Tür wies:

„Gleich links das Letzte Zimmer. Ich gehe voran".

Sie bekam ein Eckzimmer, das nach jeder Seite ein Fenster hatte.

Es war ganz ordentlich eingerichtet, mit einem breiten Bett, einen großen Kleiderschrank und einer Kommode.

Obwohl die leicht geblümte Bettwäsche ihr frisch gewaschen erschien, sah sie an manchen Stellen Abnutzungserscheinungen, die auf oftmaligen Gebrauch hinwiesen.

Unter dem Bett sah sie einen Nachttopf, das zeigte ihr an, dass in dem Gebäude wohl keine Toilette war.

Zwei große Bretter an der Wand mit langen Nägeln versehen, stellten wohl die Kleiderhaken da und sie hing auch gleich ihre Jacke drauf.

„So", sagte er dann", "zieh dich um, wir fahren gleich auf die Birkenwiesen und müssen noch ein paar Morgen Gras mähen!"

Da sie noch ihr Sonntagskleid an hatte und er immer noch im Zimmer stand zog sie es ungeniert aus, suchte in ihrer, noch auf dem Bett stehenden Tasche einen alten Rock und eine blaue Bluse, drehte ihm den Rücken zu und zog die Arbeitskleidung an.

Er hatte sich zwar anstandshalber umgedreht als sie sich umzog aber nur weil an der anderen Wand ein Spiegel hing, in dem er die Umzugsprozedur bestens beobachten konnte und von dem Anblick, der ihm im Spiegel geboten wurde sehr angetan war.

Beide gingen aus dem Zimmer und sie erschrak als er auf dem Flur unverhofft brüllte:

„Max aufstehen, es geht gleich los. Hol den Lanz raus und kuppele die Mähmaschine an!"

Max scheint wohl der Knecht oder der Sohn zu sein,

dachte *Sophie* und stolzierte eiligen Schrittes hinter ihm her.

Heinrich hatte wohl gemerkt, dass er eine fesche Magd erwischt hatte und freute sich auf Dinge die noch kommen könnten, wenn die Zeit dafür reif ist, er durfte sich das aber gegenüber seiner Frau *Frieda* nicht anmerken lassen.
Sie war in letzter Zeit, sobald sich ein fremdes Weibsbild auf dem Hof sehen ließ, sehr misstrauisch ihm gegenüber.
„Ich muss nur aufpassen, dass der Max mit seinen schmierigeren Pfoten nicht gleich dran rummacht", knurrte er in seinen Bart und beschloss *Max* gleich morgen in die alte Dachkammer über dem Haupthaus umzusiedeln.
Nach weniger als eine halbe Stunde waren sie abmarschbereit.
Max war ein älterer Mann mit schiefem Gesicht, einer Pfeife im Mundwinkel und listigen Augen und war ganz überrascht als er *Sophie* zu Gesicht bekam und starrte sie mit offenem Mund unverhohlen an
„Die is einen wert", sagte er zu sich heimlich und sein Blick streifte von ihren blanken Beinen über ihren Leib bis zu ihrem Busen empor.
Er war schon lange auf dem Hof, hatte *Heinrich* als kleinen

Bengel bei den Schulaufgaben geholfen,
hatte ihm gezeigt, wie man aus Kastanienästen Blockflöten
schnitzt, wie man geschlachteten Kaninchen das Fell über
die Ohren zieht und als die Pubertät Heinrich die Sinne
verwirrte, seine Aufklärung übernommen.

Darüber waren *Heinrichs* Eltern sehr erfreut gewesen.

Sie hätten das nicht gekonnt.

Über Alles, was unter der Gürtellinie passierte wurde auf
dem Hof nicht gesprochen.

Eigentlich stammte *Max* von einem Bauernhof aus dem
Nachbardorf.

Der Hof war nicht gerade groß gewesen, hatte aber seine
Eltern und ihn ernährt und auch Opa und Oma hatten
ihren Lebensabend dort in aller Ruhe und Freundschaft
verbracht.

Kurz nach dem Oma, die als Letzte verstarb zur letzten
Ruhe gebettet war, passierte ein Unglück.

Eines Sonntagsmorgens, ein Tag nach dem Schützenfest
wurde sein Vater schwer verletzt auf der Straße vor
Hornbrinkshof gefunden und verstarb wenige Tage später
im Krankenhaus.

Böse Zungen im Dorf flüsterten nach der Beerdigung, dass
er beim Fenstern bei *Hornbrinks Martha* aus ihrem Fenster,

das sich im ersten Stock über dem Kuhstall befand gefallen war und sich dabei das Genick angebrochen hatte.

Es herrschte große Trauer auf dem Hof.

Max war noch zu jung, um den Hof führen zu können.

Sofort Jemanden zu finden, der sie unterstützte war auch sehr schwer, zumal seine Mutter, die durchaus noch eine sehr attraktive Frau war, das nicht wollte. Es hätte im Dorf sofort ein Gerede gegeben: *„Kaum ist der Alte tot hat sie schon einen Neuen. Wartet noch nicht einmal das Trauerjahr ab."*

Andere Bauern im Dorf hofften im Geheimen nur darauf, dass sie die Ernte in dem Jahr nicht in die Scheunen bekamen, dadurch ihr Vieh nicht mehr futtern konnten und verkaufen mussten, um günstig an begehrtes Ackerland zu kommen.

Das erste Jahr haben sie noch mit großen Einbußen überstanden und, obwohl sie sich mit allen sehr einschränkten gingen die Vorräte und auch die Geldmittel dem Ende entgegen.

Seine Mutter beriet sich mit *Max* und sie überzeugte ihn, dass es das Beste für sie wären, entweder den Hof zu verkauften oder dass sie sich wiederverheiratete: *„Gibt es* *denn Jemand, der dich heiraten würde?"*, fragte er seine Mutter. Sie zuckte nur mit der Schulter: *„Ich weiß es noch nicht."*

Einige Zweitsöhne, die keine große Chancen hatten jemals das Erbe ihrer Eltern zu übernehmen, hatten Ihr schon den Hof gemacht. Sie hatte sich aber aus Rücksicht auf *Max* immer sehr zugeknöpft verhalten.

Dann passierte es doch eines Tages.

Es war auf ihrem Schützenfest im Dorf, als sie sich in einem Burschen mittleren Alters beim Tanz verliebte und er sie zu später Stunde nach Hause begleitete und am anderen Morgen zum Frühstück mit am Tisch saß.

Max hatte das nicht mitbekommen, er war nicht auf dem Fest gewesen, da er mit der Fußballmannschaft zu einem Auswärtstermin war und erst am Sonntagabend heimkehrte.

Nach einigen Tagen, beim Abendessen erzählte ihm seine Mutter, dass es da Jemanden gäbe, den sie beim Schützenfest kennengelernt hätte und der sie auf dem Hof unterstützen wolle.

Max kannte ihn nicht als er sich ein paar Tage später vorstellte. Er dachte nur, wie kann die sich nur so einen arroganten Flegel suchen, der passt doch nicht auf unseren Hof.

So kam es dann auch.

Angeblich arbeitete er bei einer Bank und wollte die Geldangelegenheiten des Hofes regeln.

Das tat er gründlich und nach einem halben Jahr war Mutter pleite.

Die letzten Tiere waren verkauft. Das Land, das der Bank für einen Kredit, den ihr Verehrer ihr aufgeschwatzt hatte als Sicherheit diente, gehörten jetzt dem Geldinstitut.

Das Geld aus dem Kredit hatte Mutter nie gesehen und ihr Geliebter war über alle Berge, genau zu dem Zeitpunkt als *Max* seine Schulzeit beendet hatte.

Der Vater von seinem heutigen Arbeitgeber bot sich an ihn als Knecht auf dem Hof zu nehmen und ihr Land von der Bank zu kaufen. So kam es dann auch.

Seine Mutter hat dann zwar den über den Kredit hinausgehenden Betrag des Erlöses erhalten, danach aber die Gebäude verkauft und ist seitdem, auch mit dem Geld aus dem Hausverkauf bis zum heutigen Tage verschwunden.

Max nahm an, mit ihrem Verehrer, den er auch bis jetzt nie wiedersah.

Seitdem verbrachte er hier auf dem Bauernhof sein Leben

und hatte gemeint in *Heinrich* einen Freund gefunden zu haben.

Je älter Beide wurden, je mehr entzweiten sie sich und als *Heinrich* erst den Drachen, wie *Max Frieda*, die Frau von *Heinrich* heimlich nannte, geheiratet hatte, war er nur noch der Knecht auf dem Hof.

Einige andere Knechte, die zwischenzeitlich hier auch gearbeitet hatten, wurden schon nach kurzer Zeit von ihr wieder rausgeworfen.

Sie hatte das Regime übernommen. Nur seine Arbeit kritisierte sie selten und schaute ihn, je älter sie wurde manchmal mit ganz verklärten Augen an.

„Komm mal schnell her Berta", rief *Gahlmanns Fritze* vom Hof auf der anderen Straßenseite, gegenüber *Meierlings*, quer durch die Küche seiner Frau zu.

Er saß bereits am Mittagstisch und konnte von seinem Platz direkt auf *Meierlings* Hofeinfahrt schauen.

„Der Meierling kriegt schon wieder eine neue Magd."

„Wo?", fragte seine *Berta* als sie mit schnellen Schritten zum Fenster lief.

„Ja schau mal und auch noch so eine Hübsche. Da muss seine Frieda aber aufpassen, dass sich der scharfe Heinrich da nicht

dran vergreift, wie bei der Vorletzten, das kleine Mienchen. Es gab ja genug Gerüchte."

„Ach, was ihr Weiber immer quatscht, ich kann den Heinrich ja nicht aufs Fell schauen aber das glaube ich nicht, dass der sich an seine Magd herangemacht hat. Seine Frieda passt schon auf die Ratten."

„Wir sollten uns vielleicht auch mal umschauen, damit wir wieder Hilfe auf unsern Hof bekommen."

„Wir brauchen im Moment keine Magd, wir brauchen einen Knecht. Spätesten wenn der Stall fertig ist und wir wieder Tiere haben."

„So eine Magd kann dir doch bei der Arbeit helfen. Mit dem Knecht hat es noch Zeit", gab Fritz zu bedenken.

„Du bist genauso ein geiler Bock. Ihr Männer seid alle gleich"; quiekte Berta aufgeregt.

„Nun reicht es aber, du eifersüchtige Kuh. Ich habe noch nichts mit einer Magd gehabt."

„Wir hatten ja auch noch keine, die Arbeit im Stall wurde ja von Tante Maria gemacht."

„Dafür hatten wir aber einen Knecht, mit dem hast du dich ja so gut verstanden."

„Ich habe nichts mit dem gehabt. Im Gegenteil, ich habe ihn rausgeschmissen." „Rausgeschmissen?" „den haben wir entlassen weil wir abgebrannt waren."

So ging es noch eine ganze Weile weiter bis *Fritz* sich mit der Tageszeitung, ohne seine Stiefel auszuziehen auf das Sofa warf, was ihm sofort einen kräftigen Anraunzer von *Berta* einbrachte.

Er störte sich nicht daran, deckte sein Gesicht mit dem Blatt zu und nach kurzer Zeit hörte *Berta* sein Schnarchen.

Im Dorf waren sie der zweitgrößte Bauernhof gewesen. Doch vor rund drei Jahren hatten eines Morgens drei Kühe im Stall gelegen. Tot.

Der Tierarzt konnte keine Ursache feststellen und die Polizei wollte *Gahlmann* nicht informieren.

Als dann nach einiger Zeit auch noch in regelmäßigen Abständen Schweine im Stall verendeten, wurde es ihm zu bunt und er schaltete die Polizei ein.

Die Tiere wurden jetzt von einem anderen Tierarzt auf Geheiß der Polizei untersucht, der Haut – und Blutproben der Schweine zu einen toxilogischen Institut sandte, die feststellten, dass sie mit großer Wahrscheinlichkeit vergiftet worden waren.

Ob das Gift im eigenen Futter war oder von fremden Personen verabreicht wurden, war nicht genau festzustellen.

Gahlmann war eigentlich ein gemütlicher Mensch und er

lebte mit *Berta* und den wenigen anderen Personen ruhig und zufrieden auf dem Hof.

Schulden hatten sie keine, Er hatte den Hof geerbt.

Vor einiger Zeit hatte es aber mal, nach ordentlichem Biergenuss eine wüste Keilerei in ihrer Kneipe gegeben.

Da er nicht gerade der Schwächste war, hatte er seine Nachbarn mal richtig maßgenommen.

Sie hatten über seine *Berta* gelästert, die ihr linkes Bein etwas nachzog.

Beim Absteigen vom Kutschbock war sie umgeknickt und das war immer noch nicht richtig verheilt.

Es hat schöne blaue Augen gehagelt und einige ließen sich tagelang draußen nicht sehen.

Alle waren wütend auf *Gahlmann*.

Auch *Flitze* war dabei gewesen.

Er war es auch der am meisten lästerte und der Erste, der in die linke Faust von Fritze *Gahlmann* rannte, die ihn niederstreckte.

Kurz danach passierte das mit den Kühen.

Der Bauer konnte sich damals nicht vorstellen, dass einer am Futter der Kühe manipuliert hatte und nahm an, dass das Paket Rattengift in die kleine Krippe in den Stall der drei Kühe gefallen war.

Das Gift stand normalerweise immer er oben auf den Querbalken der Krippe und lag jetzt in derselben.

Vielleicht hatten die Kühe ordentlich ramentert und dabei ist das Paket heruntergefallen.

Da er versichert war, wurde der Schaden schnell ersetzt und er kaufte neue Kälber.

Dann kamen die Schweine.

Allmählich brachte er diese plötzlichen Todesfälle mit der Schlägerei in Verbindung und dann stand eines Tages ihr hundertjähriges Haus in Flammen und brannte total nieder.

Sie waren mit der Kutsche zur Stadt gefahren und wollten für Ihn einen neuen Anzug kaufen als sie am späten Nachmittag wieder zurück fuhren, sahen sie schon vom Weiten die Flammen und den starken Rauch über dem Dorf.

Dass es ihr Hof ist, der da brannte konnten sie noch nicht erkennen, das sahen sie erst als sie um die scharfe Ecke des kleinen Waldes vorm Dorf kamen und zur Dorfmitte einbogen.

Die Feuerwehren aus den Nachbargemeinden und auch die eigene, zu der er ja auch gehörte, waren mit mehreren Strahlrohren am Spritzen, es gab aber nichts mehr zu retten.

Geistesgegenwärtig hatten die ersten Wehrleute die Stalltüren aufgerissen und das Vieh herausgelassen, so dass nur ihre Hühner im Hühnerstall verbrannt waren.

Die Tiere standen auf den Feldern, gafften mit großen Augen. zum brennenden Gebäude herüber. *Gahlmanns* hatten buchstäblich ihre ganze Habe verloren.

Bis auf das Pferd, dass sie vor ihrer Kutsche angeschirrt hatten und das Vieh, das von der Weide herüber glotzte und brüllte, war ihr Eigentum vernichtet.

Die Polizei war auch schon da. Sie hatte die Straße abgesperrt. Der Dorfpolizist *Grün* kam sofort zu ihm und wollte ihn vernehmen.

Sie hatten ein einwandfreies Alibi und konnten nachweisen, dass sie nicht in den Verdacht standen ihr eigenes Haus angezündet zu haben.

Mit ein paar herumstehenden Männern versuchte er dann seine Kühe auf eine Weide zu jagen. Die Ferkel und Säue waren nicht mehr zu sehen.

Berta hatte beim Anblick ihres brennenden Hauses einen Schwächeanfall erlitten und wurde von dem inzwischen auch angekommenen Dorfarzt behandelt.

Das war ungefähr vor drei Jahren gewesen. In den ersten

Wochen nach dem Brand waren sie auf dem Hof einer alten Tante im Nachbardorf untergekommen, dann hatte er einen großen Wohnanhänger gekauft, der stand auf ihrem Gehöft und in dem haben sie bald zwei Jahre gelebt.

Sie mussten ja da sein, da alle Ackergeräte dort standen und sie Angst hatten, dass sie geklaut werden.

Inzwischen war das neue Haus fertig. Nur der Stall war noch im Rohbau.

Da sie gut versichert waren, gab es mit den Baukosten keine Schwierigkeiten.

Als Brandursache hatte sich ganz klar Brandstiftung herausgestellt und viele meinten im Dorf, das hat einer gemacht, dem er damals ein Veilchen verpasst hat.

Bis jetzt war aber noch kein Brandstifter ermittelt worden. Die beiden hatten zwar einen Verdacht, konnten aber nichts beweisen.

Mit der Neuaufstallung ihres Viehbestandes war es noch nicht soweit, da der Stall noch nicht fertig war.

In den letzten zwei Jahren hatten sie nur Korn angebaut und verkauft.

Ihre Kühe und Rinder standen das ganze Jahr auf der Weide.

Schweine hatten sie noch nicht wieder angeschafft.

Zum Glück hatten sie sich Wochen vor dem Brand einen neuen Trecker gekauft, der auch nichts vom Brand mitbekommen hatte und so die Pferde ersetzte.

Ihre gesamte Wäsche war auch verbrannt. Sie hatten nur das noch gehabt, was sie am Leibe trugen und den neuen Anzug, den sie ja gerade gekauft hatten.

Da auch die Betten und die Küche ein Raub der Flammen geworden waren, war *Berta* die Idee mit dem Wohnwagen gekommen und so haben sie eine lange Zeit in ihm auf ihrem eigenen Hof gewohnt.

Er war ein harter Hund und hatte sich geschworen, den Brandstifter und Tiermörder zu jagen und auch zu finden und dann „*Gnade Gott*" mit dem oder die

Durch diese Schlägerei hatte ihm auch keiner aus dem Dorf beim Wiederaufbau seines Gehöfts geholfen. Es herrschte großes Mistrauen untereinander.

Sie waren verhasst im Dorf.

Allgemein hieß es zwar, dass die Großschnauze von *Gahlmann* es verdient hat, mal so richtig aufs Maul zu fallen, insgeheim waren sie nur neidisch, dass er in ganz kurzer Zeit fast einen neuen Bauernhof dahin gezaubert hat.

Das zeigte aber keiner.

Wenn es mal wieder richtig in der Kneipe rundging, fiel schon mal der eine oder andere Satz wie: *„Der hat wohl immer noch nicht genug. Da müssen wir wohl mal wieder hingehen, um nachzusehen, ob alles bei ihm auf dem Hof in Ordnung ist!"*

Meistens kam aber dann sofort von einem anderen Dörfler die Warnung: *„Bist du verrückt?"*, *Halt dein dämliches Maul., Du willst wohl in den Knast?"* und verschwörerische Blicke flogen hin und her.

Flitze Jäger hielt sich auch nicht lange auf dem Hof auf, wenn er dort Post hinbrachte. Im großen Bogen fuhr er zum Postkasten der *Gahlmanns*, ward die Post hinein und war wieder verschwunden. Die Rechte vom Bauern hatte ihn mächtig Respekt eingeflößt.

Heinrich hatte inzwischen auf dem Trecker Platz genommen, deutete Sophie an sich auf dem Sitz über dem Schutzblech zu setzen.

Max *kam* auf den Sitz der Mähmaschine. Dann fuhren sie los.

Der Nachmittag war lang und die Sonne brannte heiß.

Der Bauer mähte mit der Mähmaschine das Gras ab und die anderen Beiden mussten es mit einer Harke aus der

Spur raken, eine durchaus schweißtreibende Angelegenheit die *Max* doch sehr zusetzte.

„Die Magd hat Kraft", sagte *Heinrich* kurz vorm Abendbrot zu seiner Frau, als die beiden anderen noch im Stall bei den Tieren beschäftigt waren.

„Da haben wir einen guten Griff getan."

„Hoffentlich vergreifst er sich nich gleich daran", dachte sie, als sie den Wursteller auf den Tisch stellte.

Sie hatten den Beischlaf schon lange eingestellt, da sie, immerhin zwölf Jahre älter war als er und nach einer Unterleibsoperation, keine Lust mehr dazu verspürte.

Sie wusste auch, dass ihr Mann sich seine Freude auf diesem Gebiet wo anders suchte. Irgendwo gab es immer Eine, die Lust dazu hatte und wenn nicht, dann fuhr er zum Puff in die Stadt, das hatte sie schon längst herausgefunden.

Nun ja, sie hatte vor der Heirat mit *Heinrich* auch ihre Jugendjahre genossen, hatte sich noch in der Schule in einen Mitschüler verliebt, kurz danach ihre Unschuld verloren und sich mit vielen andern Freunden auf den unterschiedlichsten Festen an den Wochenenden amüsiert.

Nach ihrer mittleren Reife auf einem Gymnasium in der

Stadt hatte sie eine Lehre bei einem Rechtsanwalt angefangen aber nicht bis zum Ende durchgehalten.

Sie hatte einen jungen Amerikaner, der zu der Zeit in Deutschland stationiert war kennengelernt und war nach seiner Dienstzeit mit ihm in die Vereinigten Staaten durchgebrannt.

Sein Gefasel in Deutschland, dass seine Eltern eine große Farm in der Nähe der kanadischen Grenze besaßen, stellte sich im Nachhinein als pure Übertreibung heraus.

Es war eine ganz kleine Farm und seine sieben Geschwister hausten mit ihren Eltern in kleinen Hütten auf dem Gelände und kifften sich durchs Leben.

Schon nach wenigen Monaten nutzte sie, bevor sie ihr weniges Geld, das sie in Ihrer Unterwäsche vor ihrem Lover versteckt hatte, einen Besuch bei den Niagarafällen aus und wechselte zur kanadischen Seite, um dann umgehend einen Flug in *Toronto* zurück nach *Frankfurt* zu buchen.

Sie suchte sich einen Job als Verkäuferin im Maingebiet und lebte in einer Kommune bis sie durch Zufall ihren Bruder traf, der in der gleichen Stadt seine Referendarzeit zum Mathelehrer absolvierte.

Ihrer Eltern waren froh sie heil und gesund wieder in die

Arme zu schließen und nahmen ihr ihre Abenteuer offiziell nicht übel, beschlossen aber sofort dafür zu sorgen, dass sie in feste Hände kommt und da traf es sich günstig, dass die Eltern von *Heinrich Meierling* gerade auf der Suche nach einer Frau für ihren Sohn waren.

Sie war ja keine schlechte Partie. Ihre Eltern waren auch nicht gerade arm und sie war weit herumgekommen, wie sie überall verbreiteten, um sich weiterzubilden.

Schon nach wenigen Wochen wurde eine große Hochzeit gefeiert und das ganze Dorf war eingeladen.

Beinahe das ganze Dorf.

Nur die anderen Bauern, der Pastor und der Lehrer. Arbeiter und Sozialisten waren ausgenommen und auch die *Gahlmanns* hatten keine Einladung bekommen.

In der ersten Zeit ihrer Ehe war auch alles Friede, Freude Eierkuchen, doch sie merkte bald, dass auf einem Bauernhof hart gearbeitet werden musste.

Heinrich war ein feuriger Liebhaber und befriedigte sie sexuell total, meinte sie oder war sie danach nur immer so kaputt, weil sie am Tage so viel gearbeitet hatte? Sie wusste es nicht.

Im Laufe der Jahre wurden diese Genüsse im Ehebett seltener und eines Tages als sie schon meinte schwanger zu sein, stellte sich das als eine Entzündung der Eierstöcke heraus und sie musste eine schwere Operation über sich ergehen lassen.

Danach flachte ihr Liebesleben ab. Sie war froh, wenn ihr Mann nicht nach ihr verlangte.

Sophie fiel nach dem Essen und anschließenden Abwasch todmüde ins Bett.

Später merkte sie, wie Jemand an ihr Fenster klopfte. Vorsichtig schielte sie unter dem Oberbett empor und er kannte *Max*.

Ne, auf den hatte sie keine Lust und nach kurzer Pause schlief sie wieder ein.

Horst vom Dorfladen hatte das Erscheinen von *Meierlings* neuer Magd in Windeseile im Dorf verbreitet und allen von einer feschen Magd geschwärmt, ohne die Beschreibung ihrer tollen Figur nicht zu vergessen, die er sehr ausführlich jedem männlichen Besucher seines Ladens gestenreich beschrieb.

Dadurch blieben seinen männlichen Kunden länger im Geschäft, lauschten seinen Worten, mit einer Hand in der Tasche, mit der anderen ein oder zwei Flaschen Bier mehr trinkend als sonst üblich.

Abends, beim Geldzählen stellte er und seine Frau

Henriette erfreut fest, dass die Beschreibung der flotten *Sophie*, wie er sie immer nannte, ihnen Tag für Tag einen größeren Umsatz bescherte.

Heinrich wunderte sich, dass in den nächsten Tagen ihn so nach und nach alle männlichen Nachbarn besuchten und auch die jungen Bengels sich auf ihrem Hof herumtrieben. Besonders der *Friedrich* von nebenan, dem *Gerbershof*, verbrachte plötzlich bald jede freie Minute bei ihnen, obwohl er sich früher nur selten hatte sehen lassen.

Er war die einzige, tatkräftige, männliche Person auf dem Hof. Sein Vater war bei einem Unfall umgekommen
Die dicke *Molla*, ihr bestes Pferd hatte, als plötzlich ein Fuchs über die Straße lief gescheut und ihn, der gedankenversunken dem Hof zustrebte vom Bock gerissen, dabei hatte er sich so unglücklich in der Leine verheddert und war mit dem Kopf zunächst auf die Deichsel geprallt und dann unter die Räder gekommen, worauf sie, ihn mitschleifend durchs Dorf zu ihrem Hof rannten und erst vorm Pferdestall zum Stehen gekommen. Der Arzt, der nach langer Zeit auf dem Hof ankam,

konnte nur noch den Tod seines Vaters feststellen.

Opa war schon lange nicht mehr einsatzfähig, er hatte sich im 1. Krieg einen Lungensteckschuss eingefangen und litt besonders im Sommer unter Atemnot, nur seine Mutter und ein Onkel waren noch da, mit dem war aber auch nicht mehr viel los. Er hatte die Aufgabe das Vieh im Stall mit Futter zu versorgen, wenn er das erledigt hatte, ging er zu *Horst* und gönnte sich ein Fläschchen.

Friedrich war ein aufgeweckter Junge.

Allgemein beliebt, half, wenn er angesprochen wurde.

Lieh seine Ackergeräte an seine Nachbarn aus, wenn einer Bedarf hatte und arbeitete von morgens bis in die späte Nacht, wenn es sein musste, um den Hof trotzt fehlendem Vater über Wasser zu halten.

Er stand allem Modernen aufgeschlossen gegenüber und schon bald machte sich die Anschaffung neuer Ackergeräte, für die er und seine Mutter nach langen Verhandlungen mit der Bank Kredite zur Verfügung gestellt bekamen, positiv bemerkbar.

Auf der einen Seite konnte die Feldarbeit schneller erledigt werden, was ihm ja auch mehr Freizeit ermöglichte, dann waren auch die Erträge höher, was Erstaunen bei seinen neidischen Nachbarn hervorrief. Dadurch war es Ihnen möglich den Kredit schnell zurückzuführen und bei Bedarf ohne lange Verhandlungen einen neuen zu erhalten.

Die Arbeit auf dem Felde wurde von *Friedrich* allein getan. Nur in der Ernte halfen Nachbarinnen und Frauen von den Arbeitern im Dorf aus, die dafür ein kleines Stückchen Ackerland bekamen, auf dem sie ihr Gemüse anbauen durften.

Da er in dem Alter war, wo jungen Männer schon mal nach jungen Frauen schauen, stellte auch er bald fest, dass es zwischen Mann und Frau Dinge gab, die ihn auch interessieren könnten.

Eines Tages beim Heueinfahren war es soweit.

Marie, die ältere Magd vom Nachbarbauern *Rüffeling* hatte sich in einer Pause, als das Heu gerade mit dem Wagen zum Hof gebracht wurde, so aufreizend auf einen Heuhaufen gelegt, dass er nicht wiederstehen konnte und sich über sie warf.

Nach mehreren vergeblichen Versuchen sie zu besteigen half sie ihm dann, denn allein wäre er nicht zum Ziel gekommen.

Schon nach ganz kurzer Zeit war der Spaß bei ihm schon vorbei und Marie hat ganz schnell ihren Hintern zurückgezogen als sie merkte, dass seine Endladung bevorstand.

In der Folgezeit hatte er sie öfters nachts besucht aber schon immer nach frischem Blut Ausschau gehalten, denn er wusste ja jetzt wie es ging und hatte keine Angst mehr sich bei den Mädchen zu blamieren.

Schon bald hatte er den weiblichen Zuwachs auf Nachbarshof bemerkte und nahm sich vor die Sache im Auge zu behalten und ab und zu mal ein Blick über den Zaun zu werfen

Beim Bier im Laden von *Horst* wurden alsbald von den männlichen Gästen Bitten an *Heinrich* herangetragen, ihnen doch einmal seine neue Magd vorzustellen.

Plötzlich wurden dem die vielen Besuche der Nachbarn in letzter Zeit auf seinem Hof begreiflich. Neugierde wars.

Sie waren alle scharf wie läufige Rüden.

Ne, ne Jungs, dachte er bei sich, erst ich, dann ich noch ein paarmal und dann ihr vielleicht.

Nach einer Woche schönstem Sonnenschein war das Heu soweit, dass es eingeholt werden konnte.

Morgens hatten sie schon zwei Fuder nach Haus gefahren

und es vorn Wagen auf den Stallboden hochgeladen.

Nach dem Essen hatten *Heinrich* und *Max* noch ein Fuder voll gebracht und ein voll beladener Wagen stand abholbereit auf der Wiese.

Der Bauer ordnete an, dass *Max* den Wagen von der Wiese holt und er und *Sophie* das Heu nach hinten auf den Boden transportierten und wegpacken

Er schickte die Magd voran die Leiter hoch und nach wenigen Sprossen folgte er ihr. Sein Blick wanderte sofort nach oben unter ihren Rock. Hier sah er dann, was er nicht sah, nämlich ihren Schlüpfer und so schaute er abwechselnd in die ihn dargebotenen Körperöffnungen und sein Zepter sprengte bald die Hose.

Oben angekommen dirigierte er sie weiter nach hinten an die Giebelwand. Dann beschloss er nach einer Weile der schweißtreibenden Arbeit, erst einmal Pause zu machen. Sie hatten heute ja schon schwer geschuftet und er bat *Sophie* sich neben ihn hinzusetzten.

Ohne großes Federlesen, letztendlich war er ja der Bauer und zu der Zeit wurde gemacht was er wollte, drängte er sie auf den Rücken und hob ihren Rock hoch. Den Zeigefinger der rechten Hand hielt er dann vor seinem Mund und deute an das sie zu schweigen hätte.

Sie spreizte nach kurzer, gespielter Abwehr ihre Beine und die Ganze dunkle Haarbracht lag vor ihm ausgebreitet.

Er war ja der Bauer und was der Bauer wollte wurde gemacht.

Er holte seine Priab aus der Hose und führte ihn mit gekonntem Stoß in sie ein. Von ihr hörte man nur ein kurzes Stöhnen.

Da das Heu ziemlich weich war rutsche sie immer unter ihm weg, so das er anordnete, dass sie sich auf ihn zusetzten hätte und mit einem wilden Husarenritt erreichten sie beide den Höhepunkt.

Da sie Beide so in ihrem Liebesspiel vertieft waren, hatten sie gar nicht mitbekommen, dass plötzlich ein Kopf auf der Leiter über der letzten Sprosse erschienen war und sie einen Zuschauer hatten, der aber, als er das orgastische Stöhnen hörte, schnell wieder den Kopf einzog und die Leiter verlies.

Obwohl beide am liebsten liegen geblieben wären rafften sie sich auf und verteilten das restliche Heu.

Kurze Zeit später war auch *Max* schon zurück und die nächste Lage wurde nach oben gepackt.

Heinrich fragte sich, nachdem er in das Gesicht seines

Knechtes gesehen hatte, warum der so verschmitzt griente.

Vorm Absteigen vom Heuboden flüsterte der Bauer noch seiner Magd zu:

„Ich komme heute Nacht noch einmal vorbei, dann machste das Fenster auf, hörste?" Sie nickte nur.

Frieda machte beim Abendessen auch so ein verbittertes Gesicht, und schaute von einem zum anderen am Tisch, dass *Heinrich* sich gemüßigt fühlte sie zu fragen, ob ihr eine Laus über die Leber gelaufen sei.

„Mir ist keine Laus über die Leber gelaufen, aber ich frage mich, was ihr so lange dort auf dem Boden treibt. Son Fuder Heu ist doch schnell weggebackt. Da kann ich hier schreien, von euch hört keiner was."

Heinrich, der schon Bammel bekam, und dachte, dass seine Frau etwas von der Beschäftigung mit *Sophie* mitbekommen hatte, fiel ein Stein vom Herzen und er fragte schnell: *„Was wolltest du denn von mir?". "Was wollte ich wohl von dir?", „du hattest mir doch versprochen, ein Sack Frühkartoffel vom Feld mitzubringen, sonst gibt es Morgen keine Kartoffeln, ich habe keine mehr hier im Haus."*

„Frida, ich fahre gleich mit der Lotte noch mal zum Feld, Sophie kann mitkommen. Ich pflüge sie raus und sie sucht sie

aus.“

„Nix da, das Mädchen bleibt hier.“

Heinrich lief es sofort wieder kalt über den Rücken. Hat die Alte vielleicht doch etwas von dem mitbekommen, was sich im Heu abgespielt hat? *Sophie* schaute auch ganz beschämt nach unten.

„Nimm Max mit, der kann auch Kartoffel aufsuchen“, kam noch einmal eine scharfe Anweisung von Ihr.

„Sophie, wir Beide müssen gleich auch einmal ein ernstes Wort miteinander reden.“

Jetzt lief nicht nur *Heinrich,* sondern auch der *Sophie* ein kalter Schauer über den Rücken.

Max schirrte nach dem Essen sofort die Lotte an und beide fuhren zum Feld und ernteten die Frühkartoffel.

„Warum ist deine Alte denn so sauer Heinrich?“, fragte Max wieder mit grienendem Gesichtsausdruck.

„Halt das Maul. Kümmere dich um deinen Scheiß und grins nicht so unverschämt.“

Damit war das Gespräch zwischen ihnen beendet. Zur Strafe ließ er den *Max* drei Sack Kartoffel suchen, bis ihm einfiel, dass Donnerstag war. Dann ging es in Galopp zum Hof zurück.

Immer Donnerstag war Skatabend in der Dorfkneipe.

Als Heinrich eintrat, saßen seine Skatbrüder schon am runden Tisch in der Ecke.

Der war Donnerstag für sie reserviert und wehe es wagte sich einer dort hinzusetzen, entweder wurden sie vom Wirt, dem alten *Josep* oder von seiner Frau *Josephine* weggejagt, bevor die Skatbrüder eintrafen oder mit Aussicht auf ein Freibier an die Theke gelockt.

Das Glas Bier in der einen Hand, in der anderen die Skatkarten hatten sie schon den ersten Grand kaputt gespielt und freuten sich diebisch, dem *Mützenwilly* eins ausgewischt zu habe.

Diesen Namen hatte er von seiner Angewohnheit stets einen Mütze zu tragen. Ob Sommer oder Winter, ob Regen oder Sonnenschein, Willy trug seine Mütze auf dem Kopf. So roch sie auch.

Unter dem Schirm der Mütze dampfte ständig eine Pfeife. Der Schweiß von seiner Stirn hatte sich jahrelang in das Schweißband gebrannt und bildete an manchen Tagen kleine Rinnsale, die dann mühsam von seinen buschigen Augenbrauen aufgehalten wurden oder über die Nasenspitze heruntertropften und dann von seiner schnellen Zunge wieder in den Körper befördert wurden.

Selbst in der Kirche hätte er am liebsten seine Mütze auf dem Kopf behalten. Wenn er vergaß sie dort abzunehmen, wurde sie ihm oft von den hinter ihm sitzenden Kirchgängern vom Kopf gestoßen und man konnte ein großes, rotes Muttermal durch die wenigen Haare, die sein Haupt noch zierten erkennen.

Es könnte auch die Narbe von einer auf seinem Kopf zerborstenen Bierflasche sein.

Insider wollten wissen, dass er verfügt hatte, ihm nach seinem Tod mit Mütze zu begraben.

Nach einigen Runden Skat kam das Gespräch auf die neue Magd und sie grinsten unverschämt zu *Heinrich* herüber und lästerten.

Hatten die das mitbekommen, was auf dem Heuboden geschah?", fragte *Heinrich* sich.

Einige meinten, er solle jetzt mehr Eier essen.

„Da wird Irma aber etwas dagegen haben, die weiß doch dann genauen Bescheid, wofür ihr Mann die Eier braucht", meinte *Horst* und lachte über das ganze Gesicht. Andere in der Kneipe wollte wissen, wie sie denn so im Bett ist.

Erst als er dem Postboten, der am meisten lästerte kräftig eins auf Maul geschlagen hatte, wussten alle, dass mit ihm nicht länger zu spaßen war und sie fingen an die Karten für ein neues Spiel zu verteilen.

Gegen Elf verabschiedete er sich. Das war normalerweise nicht üblich, sonst spielten sie immer bis gegen eine Uhr in der Früh.

Der will bestimmt zu seiner Magd, wurde wieder gelästert. Schleich doch einer von Euch mal hinterher und schaut nach, wo er tatsächlich hingeht.

Der junge *Wilhelm Zarge* wollte das übernehmen und folgt ihm im gehörigem Abstand.

Die Anderen blieben da und spielten noch ein paar Runden.

Zunächst ging Heinrich auf der großen Dorfstraße, die bis zur Kreuzung an der Linde führte, dann bog er auf dem Stichweg zu seinem Hof ab.

Kurz vor Ende der Hofmauer, schlich er sich an dem Misthaufen vorbei, der mitten auf dem Hof vor den Türen zum Kuhstall lag. Verschwand dann in einer kleinen Tür, durchquerte den Pferdestall, um, nachdem er den wieder verlassen hatte hinter ihrem Wohnhaus gebückt unter dem Schlafzimmerfenster, in dem *Frida,* wie er hoffte schon friedlich schlafend im Bett liegen müsste, schleichend das Gesindehaus zu erreichen.

Nun kam er aber in das Blickfeld von *Friedrich* vom *Gerbershof,* der noch lässig im geöffneten Fenster lag und die laue, frische Luft genoss.

Er sah auf einmal wie eine männliche Person um die Hausecke schlich und an das Fenster an der Ecke klopfte.

Das ist doch der Bauer *Meierling* stellte *Friedrich* erstaunt fest.

Was macht der dort um diese Zeit? Plötzlich fiel es ihm wie Schuppen aus den Haaren. Die neue Magd.

Da er durch das ihm zugewandter Fenster beinahe quer durch den Raum blicken konnte, erkannte er wie *Sophie* sich erhob und das Fenster öffnete, durch das dann der Besucher nach zwei Fehlversuchen mühsam kletterte. Schon nach wenigen Sekunden entschwanden beide seinem Blickfeld Ein hochgeworfenes Kleidungsstück, war das letzte was er sah.

Sie hatten sich wohl hingelegt. Dann, er traute seinen Augen nicht, kam da noch eine Figur die zum Fenster schlich.

Gerade in diesem Moment schob sich eine dunkle Wolke vor den Mond und er konnte nicht erkennen, wer es war.

Das Fenster muss ich wohl im Auge behalten, waren seine

letzten Gedanken. Er legte sich zurück auf sein Bett und war bald eingeschlafen.

In den nächsten Wochen beobachtete er wie nach und nach Kerle aus dem Dorf abwechselnd der *Sophie* nachts einen Besuch abstatteten und meinte einige Figuren an ihren Umrissen erkannt zu haben.

Im Dorfladen wurde unter Männern nur noch geflüstert.

Wenn zufällig eine Frau den Laden betrat, schwenkte das Thema urplötzlich auf die Schweinepreise und die schlechte Ernte um.

Bei einem Besuch im Nachbardorf erfuhr *Friedrich*, dass sich scheinbar die Großzügigkeit von *Sophie* auch schon herumgesprochen hatte und nach Orientierungsbesuchen der lüsternen Freier bei *Heinrich*, die er tagsüber beobachtete, wechselten die Figuren, die nächstens *Sophies* Fenster aufsuchten in rasanter Reihenfolge.

Der Dorflehrer und sogar der Pastor hatten plötzlich das Bedürfnis *Heinrich* und *Frida* aufzusuchen, wobei *Frida* nur kurz begrüßt wurde und man dann mit *Heinrich* das Gespräch in der Scheune weiterführte.

Mit ganz fadenscheinigen Gründen bat man *Heinrich*

Sophie dazu zu holen und warteten meist so lange bis sie auf der Bildfläche erschien.

Der Lehrer fragte sie, da seine Frau vor ein paar Jahren verstorben war und er nur noch allein sein Haus und Hof bewohnte, ob sie nicht bereit sei seinen Garten am Wochenende, in ihrer Freizeit zu beackern. Er würde sie auch gut bezahlen.

Beackern? dachte *Heinrich* sofort. Ich kenne dein Beackern. Da soll ja schon mal in früheren Zeiten mit den älteren Schulmädchen was gewesen sein, wurde hinter vorgehaltener Hand gelästert. Was Genaues sagte aber keiner.

Der Pastor bot an, nachdem er erfahren hatte, dass sie noch nicht getauft war und auch keinen Konfirmandenbrief besaß, sie nach dem Kirchgang in der christlichen Lehre zu unterweisen und sie so nach und nach in die Kirche aufzunehmen.

Worin der Pfaffe die wohl unterweisen will? Fragte sich *Heinrich*. Dass kennt die alles schon. Die unterweist ihn höchstens.

Er hatte *Sophie* schon gut unterwiesen.

Eines Nachts polterte es plötzlich, so dass *Friedrich* wach wurde und er sah, dass das Fenster von *Sophie* geöffnet war und eine Gestalt unter dem Fenster lag, die nach kurzem Gespräch mit der Magd stöhnend von dannen humpelte und wüste Flüche von sich gab.

Zwei Tage bekam man im Dorfladen den *Horst* nicht zu Gesicht und seine Frau sagte, wenn einer nach ihm fragte, dass er beim Bier aus dem Keller holen umgeknickt war und sein Knöchel angeschwollen sei und sie ihm Umschläge mit essigsaure Tonerde um den Fuß wickelte muss.

Zufällig sei er auch noch die Treppe heruntergefallen und hatte sich eine Platzwunde am Kopf zugezogen, nun sei auch sein rechtes Bein ganz steif und er könne sein Knie nicht durchdrücken.

Ja, ja der *Horst*, steif war nicht nur sein Mannesschwert in manchen Situationen, auch der ganze massige Kerl strotzte nicht vor Beweglichkeit Seine einzigen Leibesübungen bestanden darin Bier aus dem Keller zu holen und sich nach den Tüten, die unter der Ladentheke lagen, zu bücken.

„Das ist richtig so", schimpfte *Helga* seine Frau, wenn im Laden über *Horst* gelästert wurde, *„ich habe ja immer schon zu ihm gesagt, was muss du Nachts noch in den Keller laufen und Bier holen?"*. *„Das hat er in letzter Zeit immer öfter getan*

und sagt er tue das nur für mich, damit ich morgens gleich Bier im Laden habe.“

Einige männliche Kunden nickten verständnisvoll, hatten aber Mühe nicht laut loszulachen.

In so einem Dorf gibt es fest Abläufe, die sich jedes Jahr wiederholen,

Das geht im *Januar* schon los.

Die einzelnen Vereine halten ihre Jahreshauptversammlungen ab und da jeder in jedem Verein ist, gibt es bis Ende März fast jeden Samstagabend einen Grund ins Gasthaus zu gehen und kräftig auf die Vorstände zu schimpfen.

Oft aber nur so lange bis die wiedergewählt sind, man selbst sich vor einen Posten im Vorstand drücken konnte und das obligatorische Fass Freibier angestochen wird.

Die Feuerwehr beginnt im Januar.

Mit einem dreifachen „*Gut Wehr*“ und dem Absingen des Feuerwehrliedes wird nach drei Stunden die Versammlung geschlossen und die Sauferei beginnt jetzt erst recht.

Es folgt am folgenden Samstag der Männerchor. Dessen offizieller Teil der Versammlung ist schnell vorbei, dann beginnt das Singen.

Je höher der Alkoholpegel steigt, je schlimmer hören sich die Lieder an. Zuletzt grölen nur noch drei unentwegte, was oft zur Folge hat, dass andere Gäste schnell bezahlen und fluchtartig das Gasthaus verlassen.

Nach dem Schützenverein folgt die Kaninchenzuchtgruppe. Bei denen wird immer das Mitglied mit einer Flasche Korn prämiert, das bei der jährlichen Kaninchenausstellung den fleißigsten Rammler vorweisen kann.

Was wäre so ein Dorf ohne die „Fleißigen Lieschen"?

Ältere Frauen, wobei die meisten, jetzt Witwen, wissen wo ihr Mann ist, nämlich auf dem Friedhof.

Sie haben sich zusammengeschlossen, um ihre Erfahrungen mit Gemüsesamen weiter zu verbreiten und das Vereinsmitglied mit dem dicksten Kürbis im vergangenen Herbst wird mit einem Glas selbstgemachter Marmelade geehrt.

Der Sportverein berichtet noch einmal von den Erfolgen und beweint die Niederlagen des letzten Spieljahres. Egal, wichtig ist, dass die kostenlosen kleinen Gedecke die Stimmung hoch halten.

Die Taubenfreunde veranstalten statt einer Versammlung einen Preisskat, bei dem auch die Skatbrüder aus dem Dorf teilnehmen und meist die begehrten Preise abräumen.

Dann haben wir noch den Seniorenclub, der ist zwar schon bei allen anderen Versammlungen dabei, beginnt aber mit seiner Versammlung schon am Nachmittag, dann sind sie schon zur Spätschau des Fernsehens wieder zu Haus.

An einem Samstag im März feiern die Reservisten von der Armee ihr Jahrestreffen und der Schweinezüchterverband prämiert den besten Eber.

Dann kommt schon bald Ostern, da brennen die Feuer, das heißt aber auch, immer das kleine Löschgerät in der Nähe zu haben, damit die Kehlen kein Feuer fangen.

Die Schützen- und Sportfeste läuten den Sommer ein.

Den Höhepunkt des Jahres bildet aber in jedem Dorf das Erntefest. Drei Wochen vorher wird auf einem Hof die Erntekrone gebunden und ordentlich gewässert damit sie zum Fest noch in voller Frische den Gästen in einem Umzug durchs Dorf präsentiert werden kann, bevor dann mit einigen Feiern am Ende des Jahres dasselbe beendet wird und im Neuen Jahr der Reigen wieder beginnt.

So nahte auch in diesem Jahr das Erntefest und *Friedrich,* inzwischen achtzehn Jahre alt, durfte auch zum Tanz auf dem Saal des Dorfes.

Viele Wochen vorher wurden von den Jungen Männer und den Mädchen der Erntetanz geübt, der dann beim Abholen der Erntekrone vom Erntebauern vorgeführt wird. Selbstverständlich sind dann auch schon die Rollen verteilt wer welche und welche wem nach Haus begleitet oder umgedreht.

Friedrich war auch dabei. Er tanzte mit *Hilmers Annegret*.

Sie war noch recht jung und ihre Mutter, von der man sagte, dass sie in jungen Jahren ein ganz toller Feger gewesen sei, war Immer in der Nähe und ließ sie nicht aus den Augen.

Sie wusste genau warum, war sie doch selbst mit siebzehn Jahren Mutter geworden und hatte *Annegret* geboren. Das sollte ihrer Tochter nicht passieren.

Für sie selbst war es aber auch einen Möglichkeit mal nach einem wollüstigen Mann zu schauen, vielleicht ergibt sich einmal die Möglichkeit mit ihm draußen für ein paar Minuten frische Luft zu atmen oder so.

Friedrich hatte in manchen unbeobachteten Augenblicken versucht *Annegret* ein bisschen abzutasten, dann wehrte sie sich und Küssen gabs überhaupt nicht.

Er verstand dieses Mädchen nicht.

Während die eine, zwar etwas ältere Frau beinahe jede

Nacht einen anderen Liebhaber in ihre Kammer lies, wehrte *Annegre*t sich, wenn er sie mit verliebten Augen ansah und sie an sich drückte

Heute Abend auf dem Ernteball, nach den Tänzen mit *Annegret* an der Theke stehend, hatte er nur *Sophie* im Auge.

Er wollte doch wissen warum sie nachts immer von den Männern besucht wurde und meinte es wäre an der Zeit sie mal zu fragen, ob er nicht auch einmal zu ihr kommen kann.

Es machte ihn aber stutzig, dass sie regelmäßig jede Stunde für einen kurzen Augenblick vom Saal entschwand und dann eine Viertelstunde später wiedererschien.

Erst hatte er angenommen, dass sie vielleicht das *stille Örtchen* aufsuchte, dann merkte er aber, dass stets einer von den älteren Jungs und auch einzelne Bauern, deren Frauen anderweitig beschäftigt waren, ihr nachfolgten.

Er positionierte sich draußen hinter der Saalwand und sah wie sie immer mit *Sophie* hinter dem Toilettenhäuschen verschwanden.

Mutig geworden schlich er sich näher heran und sah wie *Sophie* abwechselnd von ihren Freiern im Stehen vernascht wurde.

Nach einigen Bierchen folgte er ihr, als sie wirklich einmal zur Toilette ging und fragte dann beim Verlassen der Örtlichkeiten, ob sie auch mit ihm einmal hinter die Toilette gehen würde.

„Du?", sagte sie zu ihm, „biste nicht noch zu jung dafür?"

Er schaute sie mit großen bittenden Augen an. Da nahm sie ihn leicht in den Arm und sagte:

„Komm Montagabend gegen zehn hinter mein Fenster. Aber zu keinem ein Wort.". „OK?"

Friedrich merkte wie er vor Freude rot wurde, war aber stolz auf sich, dass er sie angesprochen hatte und sie ihm einen Termin gegeben hat.

Er hätte es zwar lieber an diesem Abend schon mit ihr getrieben, vielleicht war es aber besser erst übermorgen, heute hatten schon viele ihren Körper benutzt.

In der Nacht konnte er vor Vorfreude nicht einschlafen. Stellte sich immer vor, wie sein erstes Mal mit einer richtigen Frau wohl ablaufen könnte.

Es gab zwar solche Heftchen in denen nackte Frauen abgebildet waren, er hatte mal eins von Blödorns Wilhelm bekommen, musste ihm dafür aber eine Schachtel Zigaretten ausgeben.

Das Heft hat er unter seinem Bett versteckt und hoffte inständig, dass seine Mutter es nicht beim Bettenmachen entdeckte.

Die älteren Burschen im Dorf prahlten oft über ihre Eroberungen und qualifizierten die Mädchen nach der Größe ihrer Busen oder dem Temperament, dass sie bei der Liebe an den Tag legten.

Die erzählten Dinge, von denen er noch nie etwas gehört hatte und sich auch nicht vorstellen konnte, dass so etwas in der Liebe möglich sei.

Am anderen Morgen war er wie gerädert. Dunkel unterlaufende Augen und sein Gesicht war grau.

Seine Mutter schaute ihn am Frühstückstisch besorgt an und fragte ihn ob er krank sei, was er heftig verneinte.

Er zog seinen besten Anzug an. Heute war Kirchgang und da gingen alle hin.

Es war nicht ganz weit bis zur Kirche und, obwohl er das Gesangbuch in der Hand trug und andere Leute, die den gleichen Weg hatten versuchten ihn in ein Gespräch zu verwickeln, antwortete er nur einsilbig, dachte nur an *Sophie* und den anstehenden Besuch bei Ihr.

Wie es das Schicksal wollte, kam auch *Sophie* in diesem Augenblick in die Kirche und setzte sich neben ihm in die

Bank. Er wurde puterrot im Gesicht und seinem Körper durchliefen Fieberschauer. Wie würde sie sich verhalten?

War er am Abend vorher beim Fest nicht zu forsch gewesen?

Sagte sie jetzt vielleicht das bevorstehende mögliche Schäferstündchen ab?

Dann wiederum hätte er am Liebesten an ihr Knie gefasst, das traute er sich an diesem heiligen Ort aber nicht. Was würde sie von ihm denken? Würde ihm vielleicht sogar auf die Finger hauen. Schweren Herzens unterdrückte er seine Gier.

Sie blinzelte ihn manchmal beim Singen mit ihren dunklen Augen zu, was ihm wieder die Röte in die Wangen trieb.

Nachmittags auf dem Sportplatz, er spielte Fußball in der Mannschaft des Ortes, konnte er nur an den nächsten Abend denken, dadurch unterliefen ihm einige Fehler und sie verloren das Spiel, wodurch sich einige Zuschauer zu Äußerungen wie: *„Der war gestern wohl besoffen!"* oder: *„Man merkt, dass der gestern ordentlich gefeiert* hat", hinreißen ließen.

Montagmorgen fuhr er auf Feld und pflügte das erste abgeerntete Land.

Allgemein wurde über ihn im Dorf nur positiv

gesprochen, weil er seine Arbeit trotzt seine Alters immer korrekt erledigte.

Heute hatte er aber einige Bogen ins Land gepflügt, was erst seiner Mutter auffiel als sie ihm die Mittagsbrote und einen große Kanne süßen Kaffee mit Milch brachte damit er zum Mittagessen nicht nach Haus kommen muss.

Sie machte ihn darauf aufmerksam und er erschrak. Vielleicht habe ich beim Pflügen an die Rundungen von *Sophie* gedacht, schmunzelte er vor Vorfreude.

Nach der Mittagspause, in der er auch sein Pferd mit Wasser und Heu versorgt hatte, versuchte er die Bogen wieder in eine gerade Spur zu kriegen, damit zum Nachbarfeld eine gerade Kannte war.

Trotzdem ließen seine Gedanken ihn keine Ruhe und er dachte auch den ganzen Nachmittag nur an das Eine.

Das erste Mal mit einer richtigen Frau schlafen. Wie wird das sein?

Aufpassen sollte er hatte Mutter zu ihm schon vor Jahren gesagt, wenn er mit einem Mädchen zusammen ist. Aufpassen, dass die nicht gleich ein Kind bekommt.

Das war seine Aufklärung gewesen und Mutter war dabei ganz rot geworden.

In der Schule hatte sich der Aufklärungsunterricht in

Form der Abspielung eines Films über die Vermehrung von Fröschen abgespielt, wobei im Nachhinein ihr Lehrer noch darauf hingewiesen hat, dass die Zeugung eines Menschen auch einen Eisprung bei den Frauen voraussetzt.

Die männlichen Schüler hatten sich nur fragend angesehen, sie hatten weder bei Ihrer Mutter, noch anderen bekannten Frauen oder ihren Mitschülerinnen jemals ein Ei springen sehen.

Eines Morgen hat auf seinem Nachtschrank auch ein kleines Päckchen gelegen. Beim Öffnen waren kleine Gummihüllen herausgefallen. Ob er sich die über seine Finger ziehen solle, weil sie heute Rüben heraus machen wollten?

Mittag hatte seine Mutter zu ihm gesagt, dass sie vom Lehrer erfahren hätte, dass er die Kinder nun aufgeklärt hat und die Eltern dafür sorgen sollten, dass nicht sofort ungewollte Kinder gezeugt würden.

Im Nachtschrank von Opa hatte sie noch eine Schachtel Kondome gefunden und ihm die in seine Nachtschrankschublade gelegt.

Was er damit anfangen sollte wusste er aber immer noch nicht.

Gegen drei Uhr am Nachmittag sah er mit einem Mal seine Mutter am gegenüberliegenden Feldrand winken. Was macht meine Mutter schon wieder hier? waren seine Gedanken. Da muss was passiert sein.

Er fuhr sofort mit hochgeklapptem Pflug über das Feld zu ihr und erfuhr, dass er schnell nach Haus kommen sollte.

Opa war gestürzt und muss ins Krankenhaus gefahren werden.

Das fehlt auch noch, wo ich doch heute Abend…. Er dachte gar nicht weiter, hing den Pflug ab, setzte sich auf die dicke Lotte, die gemütlich nach Haus trabte.

Er war noch eher zu Haus als seine Mutter mit Fahrrad.

Dr. Hollenberg aus der Nachbargemeinde war noch da und hatte Opa auf dem Fußboden der Küche auf eine Matratze gebettet, der leise vor sich hin wimmerte.

Der Arzt schilderte kurz, dass er mit Fahrrad gekommen sei und Opa sofort ins Krankenhaus müsse, er hätte ein Bruch des Oberschenkels festgestellt Dann lobte er seine Mutter, die, nachdem er den letzten Kilometer sein Fahrrad hat schieben müssen, da er einen *Platten* im Feldweg bekommen hat, sofort den technisch versierten Sohn vom Nachbarn *Drösing* geholt hat, der, nachdem er Opa mit auf die Matratze gehoben hat, sofort den

Schlauch im Reifen seines Rades geflickt hat.

„Gott sei Dank bekomme ich übernächste Woche endlich mein Auto, einen Borgward, dann kann ich auch schneller bei den Patienten sein."

„Es sind zwar schon viele Jahre seit dem Krieg vergangen, aber ein Auto zu bekommen ist immer noch Glücksache", äußerte er sich der Arzt *Friedrich* gegenüber.

Da Opa nicht auf dem Seitensitz des Treckers sitzen konnte musste *Friedrich* die dicke Lotte vor den Kutschwagen spannen, auf dem Opa mit viel Mühe und unter großen Schmerzen gebettet wurde. Seine Mutter setzte sich daneben und er auf dem Bock und ab gings zum Krankenhaus.

Der Weg bis zu dieser Heilanstalt war ungefähr acht Kilometer lang.

Da Lotte schon den ganzen Tag gepflügt hatte war sie auch nicht mehr die Schnellste und so trottete sie vor dem Kutschwagen her und war auch durch Peitschenhiebe nicht zu bewegen schneller zu laufen.

Mehr als eine Stunde brauchten sie für den Weg, dann hatten sie Opa in die Obhut der Ärzte übergeben und *Friedrich* drängte auf Rückfahrt. Das ging aber noch nicht. Mutter wollte erst noch das Untersuchungsergebnis abwarten.

Einige Unfälle waren eingeliefert worden und sie mussten lange warten, bis Opa untersucht werden konnte, man hatte ihm eine Beruhigungs- und eine schmerzmindernde Spritze verabreicht An diesem Tag war das Wartezimmer überfüllt..

Mutter streichelte seine Hand. Sie wäre am liebsten die ganze Nacht bei ihm geblieben, es war ihr Vater und der war immer gut zu ihr gewesen.

Friedrich schaut in immer kürzeren Abständen nervös auf seine Armbanduhr.

„*Was bist du so unruhig?*", fragte seine Mutter, „*du musst heute zu Haus nichts mehr tun, das erledigen alles Drösings.*"

Wenn die wüsste, was ich heute noch tun muss, dachte *Friedrich* und schaute wieder auf seiner Uhr. die Zeit verrann immer schneller. Endlich, nach drei Stunden, es wurde draußen schon schummerig, kam der leitende Oberarzt zu ihnen und sagte, dass sie beruhigt nach Haus fahren könnten.

Opa war versorgt, hatte eine weitere Spritze bekommen und würde bis zum anderen Morgen schlafen. Sie sollten doch morgen früh wiederkommen und ihm Nachtwäsche und Waschzeug bringen er müsse schon ein paar Tage bei ihnen bleiben. Die Abheilung eines Oberschenkelbruches bei einem alten Menschen dauert schon eine Zeit. Obwohl er für sein Alter sehr robust sei, wie der Arzt ausdrücklich betonte.

An frische Wäsche hatte sie in der Eile gar nicht gedacht, weil sie auch hoffte ihn gleich wieder mit nach Haus nehmen zu können.

Sie könnte ihn ja am anderen Tag anrufen, sagte der Arzt, um sich nach seinem Zustand zu erkundigen und schrieb ihnen seine Telefonnummer auf einen Rezeptblock. Anrufen war aber nicht so einfach.

Die Einzigen, die ein Telefon im Dorf hatten, waren die Dorfkneipe und die Kasse.

Den ganzen Rückweg lief die dicke Lotte, sie hatte sich in der Wartezeit scheinbar erholte oder hatte Hunger, weil sie seit Mittag kein Futter mehr bekommen hatte und ihre Fresszeit weit überschritten war.

Vor den geschlossenen Schranken am Bahnübergang in Drielingen konnte sie eine Halbestunde verschnaufen, solange dauerte es bis sie wieder hoch gingen, da der Zug wieder einmal Verspätung hatte.

„Warum jagst du denn so, hast du es so eilig? Die Lotte kann schon nicht mehr. Nicht das die uns auch noch

zusammenbricht", warnte seine Mutter.

„Die läuft, weil es nach Haus geht und sie ihr Futter haben will ", belehrte er seine Mutter.

Wenn die wüsste, griente er in sich hinein mit abgewandtem Gesicht ließ es aber dann gemächlich angehen, da er auf der Kirchturmuhr gesehen hatte, dass es erst auf sieben Uhr zuging.

Zu Haus ging er nach dem Ausscheren und der Versorgung des Pferdes erst einmal in die Viehküche, dort war eine zweite Pumpe und da sie noch kein Badezimmer hatten, wusch er sich dort gründlich, besonders im Schritt, er wollte ja bei seinem ersten Rendezvous nicht stinken.

Mutter hatte inzwischen das Abendbrot bereitet und hatte eine große Pfanne Rührei gebraten.

Das ist doch wohl kein Wink mit dem Zaunpfahl, dachte *Friedrich*, der von den Älteren gehört hatte, dass Eier für manche Dinge sehr vorteilhaft wären und ließ es sich schmecken.

Unruhig lief er danach im Haus hin und her. Schaute in seiner Kammer noch einmal in das Heft mit den nackten Frauen und fragte sich, ob *Sophie* auch so ähnlich aussieht.

Diese Unruhe war auch schon seinem Onkel aufgefallen, der vor dem Radio saß und die Nachrichten hörte.

„*Junge,* sagte er mit einem Blick zu ihm über seinen Brillenrand als er ins Wohnzimmer trat, wo das Gerät stand: „D*u bist so nervös, du lurst doch wohl nich ob diene Brut?"*

Der Mann hatte Erfahrung.

In der Familie wurde nur plattdeutsch gesprochen, dadurch hatte er in den ersten Jahren in der Schule Probleme mit dem Hochdeutsch gehabt und sich geschworen, sollte er einmal Kinder haben, sie zweisprachig aufwachsen zu lassen.

Die Zeit bis gegen zehn verging nicht.

Der Zeiger rückte nicht weiter und dann kam auch noch *Bilgen Karin* und wollte von ihm ausführlich wissen was mit seinem Opa passiert sei.

Sie war das Tageblatt des Ortes und was er ihr heute sagte, wusste Morgen das ganze Dorf. Darum und mit erneutem Blick auf seine Armbanduhr erzählte er ihr nur das notwendigste und verwies auf seine Mutter, die gerade vom Boden kam wo sie die gewaschene Wäsche von Opa zum Trocknen aufgehangen hatte, damit er morgen auch eine frische Unterbuchse anziehen konnte.

Normalerweise wechselte Opa seine Unterwäsche immer nur einmal in der Woche und das war mittwochs.

Dann wusch er sich unter der Pumpe in der Viehküche und rein in die frischen Klamotten. Seitdem waren schon einige Tage vergangen, dementsprechend sah sicher auch seine Unterwäsche aus.

Sie berichtete dann anschließend der *Karin* ausführlich von dem Missgeschick, das ihrem Vater wiederfahren war und wie er im Krankenhaus behandelt wurde und schnell war wieder ein Stunde vergangen bis *Bilgen Karin* vollgepumpt mit Informationen war, die sie heute Abend noch den direkten Nachbarn erzählen wollte.

Da es jetzt schon etwas dunkler war, gelang es *Friedrich* ungesehen, meinte er jedenfalls hinter, das Fenster von *Sophie* zu kommen.

Sein Herz puckerte als er an die Scheibe klopfte.

Schon nach wenigen Augenblicken, vernahm er Bewegung in dem Raum und das Fenster wurde geöffnet.

Elegant überwand er die untere Fensterbrüstung und stand *Sophie* gegenüber. Sie hatte ein kurzes, fliederfarbenes Nachthemd an, das sie mit einem Griff über ihren Kopf zog und ihn dann in voller Nacktheit anstrahlte.

Seine Knie zitterten. Eine nackte Frau in Natur sah ganz anders aus als in dem Heft, das unter seinem Bett verborgen war und mit einem Mal verspürte er eine harte Erektion in seiner Hose.

Ihr praller Busen stand von ihrem Körper ab und unter ihrem Bauch sah er einen starken, schwarzen Haarkranz.

„Hast wohl noch keine nackte Frau gesehen, was?". *„Zieh dich auch aus!"*

Er zögerte. Schaute auf den Fußboden, wusste nicht wo er anfangen sollte.

Ganz verschämt begann er dann sich seiner Oberbekleidung zu entledigen. Zögert wieder bei der Unterhose, da sein Penis wie eine Kerze von ihm abstand.

Mit einem Mal riss sie ihm die Hose herunter und er wurde knallrot im Gesicht, was sie aber bei dem spärlichen Licht, das durch die Scheiben drang, nicht sehen konnte.

Sein Zittern wurde stärker. Hätte er jetzt was sagen sollen, er hätte kein Wort aus seinem Mund bekommen.

„Nun hab man keine Angst. Ist sicher das erste Mal das du eine nackte Frau siehst. Ich helfe dir schon. Bleib ganz ruhig."

Mit geübtem Griff nahm sie sein bestes Stück in die Hand und führte es bei ihr ein. Sie fühlte sich schon ganz feucht an, wie er feststellte und dann passierte es auch schon. Sein Motor war überhitzt und der Samen schoss in ihre

Hand.

Es war ihm peinlich. Sie beruhigte ihn aber wieder, putzte ihre Hand und sein bestes Stück mit einem alten Stofflappen ab und meinte dann aus Erfahrung mit jungen Männern:

„Gleich geht's wieder."

Und es ging wieder. In dieser Nacht hat sie ihn noch zweimal zum Ziel geführt, bevor er gegen eins in der Früh ihre Kammer verließ und vorsichtig nach Haus in sein Zimmer schlich.

Todmüde fiel er in sein Bett und seine Gedanken kreisten immer noch über das in den letzten Stunden erlebte.

Er konnte sein Glück nicht fassen. Endlich war er Mann geworden und das bei so einer tollen Liebeskönnerin.

Fortan versuchte er beinahe jede Nacht zu ihr zu gehen, was sie aber nicht wollte.

Mit der Ausrede, dass sie das nicht jede Nacht machen könne, weil sie am anderen Tag kräftig arbeiten müsste, sprachen die Beiden zwei Nächte ab in der er zu ihr kommen könnte, das war der Sonntag und der Donnerstag, in Wirklichkeit empfing sie in den anderen Nächten andere Liebhaber.

Es lag bereits der erste Schnee als *Heinrich* eines Mittags in den Kuhstall ging und hörte wie hinter den Kühen Jemand würgte.

Dann sah er *Sophie*, wie sie mit nach vorn gebeugtem Körper den Inhalt ihres Magens zwischen die Kühe kotzte.

„Sophie, was ist, hast du was Verkehrtes gegessen?"

„Ne, mir ist in der letzten Zeit öfter übel und ich muss brechen."

Am Abend erzählter er seiner Frau von dem erlebten.

Sie war sofort hellwach.

„Die ist schwanger, die muss hier weg", rief sie aus und obwohl sie selbst nie ein Kind bekommen hat, kannte sie die Anzeichen einer Schwangerschaft wohl.

„Heinrich, die muss von unserem Hof, lass dir was einfallen. So schnell wie möglich und ohne großes Aufsehen. Weit weg am besten hintern Wald."

Ihm lief mit einem Mal der kalte Schweiß den Rücken herunter. Hoffentlich ist das Kind nicht von mir, dachte er.

Es wäre zwar sehr schön einen Hoferben zu bekommen aber von *Sophie?* wenn das bekannt wird, grölt das ganze Dorf vor Schadenfreude.

Er wusste nicht so recht wie er das anstellen sollte und vor allem wohin mit ihr.

Es war Eile geboten, vor allem aber auch List.

Viele Männer hatten sie seit ihrem Dienstantritt bei ihnen besucht, ergo, könnte auch jeder der Vater sein.

Er musste ihnen Angst einjagen, um sie vom Lästern abzuhalten und zum Schweigen verpflichten.

Am nächsten Abend lud er seine männlichen Nachbarn und alle, von denen er annahm, dass sie auch schon in der Kammer von *Sophie* waren, zu einem Beratungsgepräch in seine Scheune ein.

Friederich hatte er allerdings vergessen, oder nicht geglaubt, dass auch der seinen Samen in die Furche von *seiner Magd* gelegt haben könnte.

Sie waren neugierig und kamen alle. Was gab es bei *Meierling* so wichtiges, dass er zu einer Flasche Bier in seine Scheune einlud?

Er kam sonst ganz schlecht in seine Tasche, da muss was Wichtiges geschehen sein.

Ohne große Umschweife erzählte Heinrich von dem Verdacht der Schwangerschaft bei *Sophie* und es wurde auf einmal ganz still in der Scheune.

Einigen schmeckte das Bier nicht mehr. Andere erbleichten und fingen an zu zittern.

Was ist, wenn das Kind von mir ist? ging ihnen durch den

Kopf.

„Die muss weg", kam dann das Echo von den Geladenen.

„Wir können sie aber doch nicht umbringen", meinte *Horst* vom Dorfladen, der öfter, wenn seine Frau nicht zu Haus war und *Sophie* zum Einkaufen kam, mit ihr in den hinteren Raum verschwunden war und ihr nachher ganz erleichtert eine Tafel Schokolade zusteckte.

„Ich war's nicht,", rief *Flitze, ich habe nur mit Pariser."*

„Halts Maul, hier geht es um unser aller Existenz, um unsere guten *Ehen"*, rief ein Anderer dazwischen und *Flitze* erntete nur böse Blicke.

„Leute, ich habe da einen Cousin hinterm Berge den Herrmann Knarre, der wohnt ganz oben vorm Südhang in der Nähe von Baumhütten und hat vor einem Jahr seine Frau verloren, er sucht jemand für den Haushalt. Hat auch ein paar Morgen Land, aber meistens Wald.", verkündete *Breiers Herrmann.*

„Nimm sofort Verbindung mit ihm auf und dann treffen wir uns hier wieder." „Abgemacht und wehe einer reißt das Maul auf und du Flitze, du bist der Einzige der ledig ist, zur Not bist du es gewesen."

„Ich bin nicht ledig, die Alte ist nur abgehauen." „Egal, wenn das nicht hinhaut bist du dran." Die Anderen nickten zustimmend mit dem Kopf.

Schon nach einer Woche kam das Signal zum neuen Treffen. *Heinrich* war der Neffe von *Breiers Hermann* er kannte den *Hermann Knarre* auch und übernahm die delikate Aufgabe sofort.

Er schmiss am nächsten Tag sofort seinen Trecker an und fuhr zu *Herrmann* nach *Baumhütten*, in dieses kleine, verwunschene Dörfchen am Berge.

„Heinrich, was verschafft mir die Ehre, dass du mich besuchst?" „ Ist was mit unserem Onkel oder, habe ich eine große Erbschaft gemacht?"

Er war wirklich überrascht. Er hatte seinen Cousin bestimmt acht Jahre nicht gesehen oder war es noch länger her, genau wusste er das nicht mehr.

Sie waren vor langer Zeit zur Beerdigung eines Verwandten auf dem Friedhof zusammengetroffen und hatten ein paar belanglose Worte gewechselt.

„Nee, keine Erbschaft, du wirst Vater!", quetschte *Heinrich* zwischen seinen zusammengekniffenen Lippen hervor. *Herrmann* schaute ihn mit großen Augen an und lies sich rückwärts in den großen Lehnstuhl fallen.

„Ich werde Vater? Hast du heute schon einen aus der Pulle genommen? Meine Frau ist schon lange Tod und ich werde Vater. Spinnst du? Zu mir auf den Berg verläuft sich kein Weib

und von eine Flugbestäubung habe ich noch nichts gehört."
Heinrich blieb ganz ruhig. Er hatte mit so einer Reaktion gerechnet. Wie hätte er wohl reagiert, wenn einer mit so einer Botschaft zu ihm gekommen wäre?

„Ich glaube Herrmann wir sollten erst einmal ein Gläschen trinken und dann erkläre ich dir alles."

Er zauberte, wie mit Geisterhand eine Flasche Doornkaat aus der Innentasche seiner Jacke und stellte sie auf den Tisch

„Gib mal zwei Gläser."

Hermann, einem guten Tropfen nie abgeneigt und durch so eine Botschaft geschockt, öffnete die knarrende Glastür seines Küchenschrankes, nahm zwei Schnapsgläser heraus und wischte sie mit dem Jackenzipfel sauber bevor er sie auf den Tisch stellte.

Nach dem dritten Glas war er soweit, dass er nicht mehr meinte nur Bahnhof zu verstehen.

Als *Heinrich* ihm dann nach einigen weiteren Gläschen süffisant klar gemacht hatte, dass er eine junge Frau für ihn hätte, die ab sofort bei ihm einziehen könnte, ihm den Haushalt führen würde, Wäschewaschen, Essenkochen und allem anderen Drum und Dran, fragte der nur noch.

„Was ist denn Drum und Dran?"

„Hermann, hast du das schon vergessen?, Das sind die Dinge die man im Bett macht oder kannst du das nicht mehr?"

Hermann bekam den Mund nicht mehr zu. Er, wieder eine Frau im Bett und dann noch jung. Wo ist der Haken?

Er kannte Heinrich, da muss noch irgendwo der Hase im Pfeffer liegen.

Nach zwei weiteren Schnäpsen rückte sein Cousin endlich mit der Sprache raus und sagte noch einmal: „Du wirst Vater."

Dann tischte er ihm eine Geschichte von einem unglücklichen Mädchen auf, das zu ihm auf dem Hof gekommen sei, weil ihr Freund sie verlassen hat und Frida plötzlich feststellte dass sie schwanger war.

„Mir fiel dann nach einiger Zeit ein, dass du hier allein lebst und mir auf der Beerdigung anvertraut hast, dass du gern wieder eine Frau auf dem Hofe hättest und als guter Verwandter habe ich sie dann davon überzeugt, zu dir auf den Hof zu ziehen."

„Und die will wirklich zu mir kommen?" „Ja das würde sie tun." „Wie alt ist sie denn?" „So Mitte zwanzig." „Waaas Mitte zwanzig, da bin ich ja vierzig Jahre älter als sie!"

„Ja und? die macht dich wieder flott im Bett und dann hast du in wenigen Monaten auch einen Hoferben."

Nicht nur der Alkohol auch die Sache mit dem Hoferben und die Chance wieder ein geregeltes Leben hier auf dem Berge führen zu können gaben letztendlich den Ausschlag das er frohen Herzens zustimmte.

Dann war er durch weiteren Gläschen Doornkaat mit einem Mal Feuer und Flamme.

Endlich wieder eine Frau im Haus, wenn auch schwanger, wichtig war, dass sie ordentlich mit anfassen kann und das könnte sie, wie ihm *Hermann* versichert. Sie sollt auch noch einen Tausender als Mitgift bekommen das ist besonders gut, obwohl, das wusste er, man muss vorsichtig sein, wenn Bauern einem Geld versprechen.

Das Kind kriegen wir schon groß und dann habe ich wenigsten einen Hoferben und ab und zu eine Wärmflasche im Bett, waren heimlich seine Gedanken.

Heinrich hatte Mühe wieder zu seinem Hof zu kommen aber Lotte kannte den Weg, so konnte er sich während der Rückfahrt auf dem Kutschbock von den vielen Doornkaat erholen.

Beim Treffen am nächsten Abend waren alle möglichen Väter hocherfreut, dass es eine Lösung gibt nur, als *Heinrich* nebenbei erwähnte, dass er *Sophie* eine Mitgift von dreitausend Mark versprochen hat und *Hermann*

Knarre sie auch nur unter diesen Umständen nehmen würde und er das Geld sofort bar auf den Tisch legen muss, waren einige doch stark am *mosern*.

„Hattest du denn so viel Geld dabei?" „Ja Gott sei Dank war ich vorher noch auffe Kasse und hatte mir ein bisschen Kleingeld eingesteckt, ich weiß ja was der Knarre fürn Gauner is und ich war froh, dass der nicht mehr verlangt hat."

„Das war ja ne teure Vögelei", meinte der Ladenbesitzer,

„aber egal, wenn sie weg ist haben wir wieder Ruhe im Dorf aber auch nichts mehr zu vögeln", wie sie im Chor feststellten, griffen aber in ihren Geldbeutel und legten ihren Anteil auf den Tisch

Heinrich freute sich, hatte er doch auf die Schnelle einen guten Reibach gemacht.

Nur *Flitze* zierte sich noch, öffnete zuletzt aber doch den Geldbeutel und zahlte seinen Anteil.

Irma, die Frau von *Heinrich* war froh das ihr Mann *Sophie* so schnell vermitteln konnte und als der ihr auch noch 500 Mark als Anteil von der Vermittlungsgebühr mit den Worten: *"Schatz, für dich. Darfst aber Keinem davon etwas sagen "*, in die Hand drückte, lief sie sofort zu *Sophies* Kammer und überbrachte ihr die Nachricht, dass ihre Übelkeit von einer Schwangerschaft herrühre und sie aus gesundheitlichen Gründen nicht länger bei ihnen als Magd arbeiten könnte und überhaupt, ob sie sich vorstellen könnte, was die Leute im Dorf sagen würden?

Vor allen Dingen, ob sie denn wüsste wer der Vater sei und so lange sie den nicht kennen würde, könnte sie nicht hierbleiben.

„Aber, weist du Sophie, wir haben für dich einen Hof ausgesucht, wo ein junger Witwer wohnt und der keine Kinder hat und dich gern aufnimmt. Alles Weitere wird sich finden und du bekommst auch noch fünfhundert Mark Mitgift."

Sophie überlegte und rechnete das Gesparte und nachts Erarbeitete, denn in der letzten Zeit mussten ihre Liebhaber schon einen Zehner für ihre Dienste berappen, in ihrem Strumpf unter dem Bett hinzu und kam auf weit über tausend Mark.

Sie stimmte ein und schon am nächsten Abend verließ sie hoch auf den Trecker sitzend mit ihrem Bauern dieses kleine, nette Dörfchen, indem nicht nur ihren Sparstrumpf, sondern sie auch selbst gefüllt worden war.

In den nächsten Tagen war die plötzliche Abreise von *Sophie* das Gespräch im Dorf. Keiner wusste warum sie *Meierlings* verlassen hatte und die, die es wussten hatten kein Interesse daran es zu erzählen.

Nur *Friedrich* war tottraurig, hatte er sich doch richtig in *Sophie* verlieb und wollte sie schon auf ihren Hof holen, wenn er großjährig ist.

Nun war sie weg und keiner wusste wohin. Fragen mochte er auch keinen, dann wäre es vielleicht aufgefallen, dass er auch Gast in ihrer Kammer war.

Gahlmann hatte auch etwas von dem merkwürdigen, nächtlichen Treiben auf und um den Hof von *Meierling* mitbekommen.

Da er der Jagdpächter war und in der Stadt Patronen für die Herbstjagd kaufen wollte, sah er in dem Laden ein Sonderangebot für Nachsichtgeräte:

„Das hat einige hundert Meter Sichtgarantie und eine sehr hohe Auflösung und ist ganz leicht auf das Fernglas zu montieren", sagte der Verkäufer:

„Der Preis ist doch mit 260 Mark fast geschenkt." *„Ja"*, meinte *Fritz Dahlmann, „wenn du noch en Fünfziger runter lässt sind wir im Geschäft."*

Der Verkäufer knurrte erst, dann einigten sie sich beide auf einen Rabatt von 35 Mark.

„Die Jagt ist doch noch gar nicht eröffnet, was machst du denn

mit deiner Flinte hier in der Küche?" fragte *Berta* nach dem Abendessen.

Draußen wurde es schon schummerig: *„Die will ich reinigen, damit sie in Ordnung ist wenn es los geht und dann will ich mal mein neues Nachtsichtgerät ausprobieren. Wenn das nichts bringt kriegt der Laden es zurück Habe ich erst nur zur Probe."*

Er legte sein Fernrohr auf den Tisch und mit zunehmender Dunkelheit probierte er das neue Gerät immer mal wieder aus, dabei schaute er zu Meierlings rüber und was er schon geahnt hatte, sah er zwar kein Wild aber läufige Böcke, die vorsichtig hinter das Fenster der Magd schlichen und darin verschwanden.

Das Gerät war so gut, dass er die Böcke auch erkannte und sorgfältig Namen, Datum und Uhrzeit in ein kleines Büchlein eintrug.

Wer weiß wofür ich das noch einmal gebrauchen kann, murmelte er vor sich hin und weihte auch *Herta* ein und so schauten sie abends abwechselnd den brünstigen Böcken nach.

„Hoffentlich sehe ich dich nicht mal in diesem Sucher, Freundchen.", fauchte sie manchmal zu ihm rüber. Er tippte nur mit dem Zeigefinger an seine Stirn.

Sein Buch wurde immer voller. Er kannte jetzt das außereheliche Sexualverhalten seiner Nachbarn. Donnerwetter, die sind ja potent, hoffentlich auch zu Hause im Ehebett, meinte er dann zu seiner Frau, da tippte sie sich mit dem Zeigefinger an die Stirn.

Doch plötzlich war es wie abgeschnitten. Es hatte wohl eine Versammlung bei *Meierling* gegeben und danach kam keiner mehr. *Berta* sah dann ein paar Tage später wie *Meierling* mit der Magd und zwei Koffern auf den Trecker den Hof verließ und dann wurde das Mädchen nie mehr gesehen.

Nach einiger Zeit kehrte wieder Ruhe in dem Dorf ein, dass sich aber schon nach wenigen Monaten wieder ändern sollte.

Sophie glaubte den Himmel auf Erden zu haben, so wurde sie umsorgt. Jetzt in der Winterzeit sah's sie am Kachelofen, wenn der Bauer im Wald war, um Holz zu schlagen. Sie bekochte ihn und er war glücklich, vor allen Dingen, als sie nichts dagegen hatte zu ihm ins Bett zu steigen und sein Samen wieder einen geordneten Abfluss nahm.

Als dann eines Tages bekannt wurde, dass auf diesen

kleinen Hof wieder eine Frau eingezogen war, wünschten sie dem Witwer alles Gute, weil er so eine fesche Frau gefunden hatte.

Als der Nachwuchs sich schon nach sieben Monate meldete, meinten einige, dass er die *Sophie* wohl schon länger kennen müsse.

Nur der alte Doktor aus dem Nachbarort und eine noch ältere Hebamme waren anwesend als das Kind geboren wurde.

Der Bauer wollte nicht dabei sein, weil er so etwas nicht sehen konnte.

Früher hatte er beim Kalben seiner Kühe schon immer Probleme bekommen und war einmal sogar ohnmächtig geworden.

Als die Wehen bei Sophie in ihr Endstadium kamen, musste er auch zufällig in der Stadt, um einige neue Sägeblätter zu kaufen Er wollte bei der Geburt nicht im Haus sein.

Schon nach wenigen Stunden wurde *sie* von einem strammen Jungen entbunden.

Es herrschte ein ziemliches Durcheinander nach der Geburt und der Arzt, Dr. *Romanke* verließ eilig das Gehöft.

Da das Kind, auf Grund seiner Größe durch einen

Kaiserschnitt das Licht der Welt erblickten sollte, hatte er *Sophie* vorher eine Spritze gegeben, so dass sie erst nach ihrem Aufwachen am Nachtmittag von der alten Hebamme den kleinen *Wonneproppen* in ihre Arme schließen konnte, gerade als der Bauer mit neuen Sägeblättern aus der Stadt zurückkam.

Eine Woche nach der Geburt hatte sich *Sophie* schon erholt und konnte ihre Hausarbeit wieder verrichten.

Herrmann war sehr stolz auf dieses Kind, nur stammte es nicht von ihm und sie mussten überlegen, unter welchem Namen es angemeldet werden sollte und wie sein Vorname sein sollte. Er hätte es gern gesehen, wenn sie ihm seinen Vornamen geben würden.

Sophie bestand darauf ihn *Friederich* zu taufen und da sie nicht verheiratet waren, sollte er ihren Nachnamen, *Dreier*, erhalten.

Sie bot aber an, wenn er sie heiraten würde, dass das Kind dann auch seinen Namen erhielt und keiner würde etwas merken, dass das Kind nicht von ihm sei.

Er war so von ihr und ihrem Vorschlag so angetan, dass er zustimmte, wollte aber doch wissen, von wem das Kind sei.

Sie druckste mehrere Tage herum, aber eines Tages als er

wieder bohrte, sagte sie zu ihm.

„Der Vater ist Schützen Norbert, ein Sohn von Meierlings Nachbarhof auf der rechten Seite, da am kleinen Bach, der Norbert hat mir immer den Hof gemacht und da muss es passiert sein", log sie ihn an.

Die hatten gar keine Kinder. *„Oh,* meinte *Herrmann, „da hättest du ja auch einheiraten können."*

„Ja, die haben zwar einen großen Hof, aber die wollten mich nicht. Ich hatte keine Mitgift, dann lass sie man die Alimente zahlen."

Herrmann nickte, um ans Geld zu kommen, war er wie alle Bauern, da war ihm jedes Mittel recht.

Am nächsten Tag fuhren sie mit dem Trecker in die Stadt zum Standesamt.

Er fuhr. Sie, wie immer auf dem Sitz über dem Hinterrad und da sie kein Kindermädchen hatten, trug sie den Jungen in einer Decke gewickelt, auf dem Arm.

„Weiß denn der junge Vater schon von seinem Glück?" fragte der Standesbeamte. „Ne."

„Ne? dann müssen wir den Eltern mal einen netten Brief schreiben."

Da *Herrmann* nicht mit im Raum war nannte sie die richtige Adresse von dem auch von ihr nur vermuteten

Erzeuger ihres Sohnes und das war der Sohn eines der reichsten Bauern aus dem Dorfe, *Gerbers Friederich* links von *Meierlings* und mit dem hatte ihr Kind auch Ähnlichkeit, meinte sie zumindest.

Der Brief vom Standesamt schlug auf *dem Bauernhof* wie eine Bombe ein.

Friederich, der am späten Nachmittag froh gelaunt vom Feld zurückkam, wurde sofort in die gute Stube gebeten, das war normaler Weise ein Warnzeichen.

In diese Stube ging man nur am Sonntag, zu Ostern und Weihnachten und da diese Tage nicht waren, hätten bei ihm die Alarmglocken läuten müssen, aber er war gerade neu verliebt in ein Mädchen aus dem Dorf, als er fröhlich lächelnd in den Raum trat. Dort saß seine Mutter und Opa, der sich von seinem Oberschenkelbruch wieder erholt hatte mit Tante *Wilhelmine*. Die Frauen mit finsterem Blick, nur Opa griente.

„*Hier lies das mal*", sagte seine Mutter und schmiss *Friederich* den Brief herüber.

Er erbleichte und sein fragender Blick wanderte durch den Raum.

„*Das, das war ich nicht.*"

„*Bist du denn ok bie ür inne Koamern wärn?*" kam di erste

inquisitorische Frage von Mutter auf Plattdeutsch

„Ja, einmorl", log er dann.

„Dor kannt et passiert sin", griente Opa noch mehr.

„Du ole Bock holt di dor morl rut", schnauzte *Wilhelmine* ihren Bruder an.

„Gie Kerls sind doch olle agorl", biss sie weiter von der Seite.

„Zu der sind sie doch alle gelaufen, ich habe das doch oft genug gehört, aber dich hat sie angegeben. Die ist nur hinter unseren Hof her", meinte seine Mutter feindlich, wieder im verständlichen Hochdeutsch.

„Zum Heiraten ist die viel zu alt für dich und dann diese Schande, die größte Nutte des Dorfes auf unseren Hof. Nein das machen wir nicht. Morgen fahren wir zum Anwalt und der soll alles abstreiten."

Friederich war erschüttert. Ja es war schön mit ihr gewesen, aber nun nach diesen vielen Monaten Trennung sah er das auch anders und Mutter hatte ja recht, die konnte er nicht heiraten, vor allen Dingen auch nicht, weil er in *Helma* verliebt war, ein hübsches Mädchen aus dem Dorf, vier Jahre jünger als er und die er öfter des Nachts besuchte.

Der Anwalt bestritt die Vaterschaft von *Friederich* und so ordnete das Jugendamt eine Blutuntersuchung an.

Beim Vergleich kam nach Monaten heraus, dass *Friederich* mit größtmöglicher Sicherheit, der Vater des Kindes sei. Eine genauere Untersuchung könne erst in einigen Jahren durchgeführt werden, wenn das Kind älter ist und bis zum Beweis des Gegenteils galt die Aussage der Mutter und er, oder sein Erziehungsberechtigter hätten für das Kind zu zahlen.

So richtig wurde diese Entscheidung nie im Dorf bekannt und es bestand auch keine Veranlassung es zu erzählen.

Der Sohn und die Mutter waren weit weg. Die anderen eingeweihten ehemaligen Liebhaber von Sophie, waren froh, dass es den jungen *Gerber* erwischt hatte und nicht sie selbst. So wuchs schnell Gras über die Sache.

Nach einigen Jahren heiratet *Friedrich* seine *Helma* und sie gebar ihm alsbald eine Tochter, sie nannten sie *Angelika*.

Durch den Tod von Opa, der seiner Frau nach wenigen Jahren gefolgt war und die lange, bis zum Tod führende Krankheit der Mutter, übernahm *Friederich* den Hof und wurde sehr erfolgreich, was durchaus den Neid der Nachbarn hervorrief.

Angelika entwickelte sich im Laufe der Jahre zu einem jungen hübschen Mädchen heran und als die Zeit da war und auch sie reif genug war, kamen, wie auf dem Dorf üblich auch die ersten Liebesbeziehungen.

Schon bald wurden bei Doktorspielen die unterschiedlichen Bauarten der Körper von Männchen und Weibchen erkundigt.

Wenige Jahr später dann die nächtlichen Besuche der Nachbarbuben.

Der dicke *Horst* war der Erste, der einen Brief im Postkasten fand. Mit aus der Zeitung ausgeschnittenen Buchstaben stand dort geschrieben:

Du hast an den Tagen: Dann waren da peinlich genau seine Besuche bei *Sophie* aufgeführt, an denen er vor dem nächtlichen Fenster bei der ehemaligen Magd von *Meierlings* gesehen wurde; Sophie, die Magd von Meierlings besucht und mit ihr Unzucht getrieben. Wenn du nicht willst, dass dein Name mit diesen Daten an die Anschlagtafel im Dorf befestigt wird und alle Leute und besonders deine Frau erfährt, was du da getrieben hast, dann werfe am Sonntag einen Hundertmarkschein in den Opferkasten unserer Kirche.

Am nächsten Morgen standen die Männer schon vorm

Haus als *Flitze* die Post und Zeitung brachte und fragten ihn, ob er so einen komischen Brief in ihren Postkasten geworfen hat.

„Ne", sagte der bei jedem, *„ich habe auch einen gekriegt."*
Der Pastor wunderte sich am Sonntag, dass so viele Männer, die er sonst selten sah in den Bänken seiner Kirche saßen und am Gottesdienst teilnahmen. Mehr wunderte er sich, als dann die Kollekte gezählt wurde. Soviel hatte er noch nie beim Gottesdienst eingenommen. Dann ging ihm plötzlich ein Licht auf. Die hatten bestimmt auch so ein Schreiben erhalten wie er und das war der Ablass.

Am nächsten Sonntag wurde das Ergebnis der Kollekte vom Vorsonntag bekannt gegeben und zwei Besucher des Gottesdienstes, in der hinteren Bank freuten sich diebisch, dass so viel Geld zusammengekommen war.

Es war wieder Erntefestzeit.
Überall in den Dörfern wurden Sonntag nach Sonntag diese Feste gefeiert.
Die Jugendlichen erstellten bunte Erntewagen mit denen sie sich zu den Festen gegenseitig besuchten.
Auch *Friederich* und *Helma* fuhren oft mit, oder mit dem

eigenen Auto, das neben dem neusten Treckern und Ackermaschinen inzwischen zu jedem Hof gehört.

Eines Sonntagnachmittags, sie besuchten ein Erntefest weit jenseits des Waldes oben am Berge.

Friederich hatte schon kräftig ins Glas geschaut, was ihn nicht gerade umgänglicher machte.

Er wurde stänkerig, als ihn *Helma*, plötzlich am Ärmel zog.

„Komm mal her Friederich. Schau mal da hinten den Jungen, der sieht genauso aus wie du früher." *Friederich* schüttelte sie zunächst ab, sah dann den Jungen und beschloss sofort ihn zu fragen wer er sei.

Alles zurückreißen von *Helma* nutzte nichts, er marschierte sofort auf den Jungen zu und stellte ihn die Frage:

„Was bist du für einer, wo kommst du her und was machst du hier?"

Der Junge schaute ganz verdutzt zu ihm herüber und dann zu seinen Freunden, die mit ihm in der Runde an der Theke standen.

„Was will der von mir? Der ist doch stramm." Dann weiter zu *Friederich* gewandt,

„Lass mich zufrieden Alter und geh deinen Weg, sonst gibt es

was auf die Glocke.“

Der ließ ihn aber nicht zufrieden und holte zum Schlag aus. Das hatte er aber nicht besser gewusst. Noch bevor er das zweite Mal ausholen konnte, krachte eine Rechte an sein Kinn und er versank für kurze Zeit in das Reich der Träume.

Helma kam gelaufen und hob ihn auf, um danach fluchtartig das Erntefest mit ihrem Mann zu verlassen. Nur im Hintergrund hörte sie ganz schwach eine Stimme, die rief:

„Was habt ihr mit meinem Papa gemacht?“

Sie meinte, dass es die Stimme ihrer Tochter gewesen sein könnte, da hatte sie ihren *Friederich* aber schon im Auto und sie fuhren gen Heimat.

Da die Person, die zu der Stimme gehörte nicht genau gesehen hatte, wer ihren Vater zu Boden getreckt hatte und sie den Jähzorn ihres Vaters kannte, war es ihr durchaus recht, dass der jetzt von der Mutter nach Haus gebracht wurde und sie tanzte den ganzen Abend, meistens mit *Friederich*, den sie alle *Fritze* nannten, dem sie auch verriet wo sie wohnte und wie er am besten an ihr Fenster gelangen könne.

Am anderen Abend sprach sie ihre Mutter auf den Vorfall

an und wie es Papa ging. Sie hatte ihn den ganzen Tag nicht gesehen und auch zum Abendbrot erschien er nicht.

Plötzlich fragte seine Mutter; *„Wo wohnt denn dein Tänzer?"* *„Genau, weiß ich das auch nicht, er kommt von weiter weg. Er sagt, er sei aus Baumhütten, gleich hinterm Wald aber oben am Berge.*

Baumhütten? Helma überlegte, da war doch noch was.

Vor langer Zeit hatte ihr Mann mal, als er einen zu viel getrunken hatte, von *Baumhütten* gefaselt.

Am anderen Morgen beim Frühstück sprach sie *Friederich* darauf an.

Sein obligatorisches, mürrisches Gesicht beim Frühstück, explodierte auf einmal. Sein Kopf ging ruckartig nach oben. Dann röteten sich seine Wangen und *Helma* sah, wie es hinter seine Stirn rumorte: *„Was ist, fragte sie, ist dir nicht gut?"*, *„Doch ich muss nur überlegen, woher ich diesen Schläger kenne"*, dann sprang er auf und fuhr aufs Feld.

Tage später machte sich *Fritze* mit seinem alten VW auf den Weg.

Vorsichtshalber ließ er den Wagen vor dem Dorf auf einen kleinen Parkplatz stehen und suchte im Dunkeln und im Schutz der Häuser den Weg, den *Angelika* ihn beschrieben hatte.

Erst hinter der Scheune her, dann durch den Kuhstall, hinter der Viehküche den Stall wieder verlassen und dann das erste Fenster, da war ihre Kammer.

Nach dem ersten Klopfen wurde geöffnet und sie ließ ihn freudig erregt herein. Es wurde eine wunderschöne Nacht und *Fritze* beschloss das so oft zu wiederholen, wie er dafür Zeit fand.

Hin und wieder erschien auch noch *Heinrich Drösing* der Sohn vom Nachbarhof. Sie waren ja als Heranwachsende schon oft auf körperliche Erkundungsfahrt gewesen und er war es auch der ihr die Unschuld geraubt hatte.

Für ihn war es auch das erste Mal gewesen, nur hatte er das nicht gesagt, so war das Ganze nur ein kurzes Gerammelle, bevor er ihren Bauch nässte.

Im Lauf der Zeit wurde die Sache zwar besser, aber nun, wo sie die Nacht mit *Fritze* verbracht hatte, wollte sie nicht mehr mit ihm.

Sie ließ ihn noch einmal herein und heran, sagte ihm aber, dass nun Schluss sei.

Auf einem der weiteren Feste glaubte *Angelika* fast zu träumen. Plötzlich hatte sie *Fritze* zweimal gesehen.

Nur der *Fritze* nannte sich *Wilhelm*, oder *Willy*, wie seine Freunde ihn riefen.

Auf so einem Fest, als *Fritze* schon ziemlich angetrunken am Tisch eingeschlafen war, wurde sie von *Willy* zum Tanz aufgefordert und tanzte mit ihm. Es war der gleiche Rhythmus wie bei *Fritze* stellte sie fest und auch die Gesten und die Sprache ähnelten sich.

Sie fing an zu zweifeln und wusste nicht mit wem sie tanzt. Seine Bitte ihm zu sagen wie er sie besuchen könne, vermochte sie nicht abzuschlagen.

Wenn die Beiden sich schon so ähnelten, wollte sie auch wissen, ob das im Bett auch so war.

Brüder waren es nicht, das hatte sie schon erfragt. Sie kannten sich gar nicht

So kam es dann, dass die beiden gleichaussehenden Männer sie abwechselnd besuchten. Nur der eine kam mit einem alten *VW* und *Willy* mit dem Moped.

Von all dem bekam weder *Friederich* der Bauer noch seine Frau *Helma* etwas mit.

Sie schliefen zur anderen Seite heraus und das Fenster ihrer Tochter konnte man ungesehen erreichen.

Friederich plagte sich Wochen mit dem Gedanken herum mit seiner Frau einmal ein klärendes Gespräch zu führen. Nachdem sie ihm auch noch gesagt hatte, dass der Junge, der ihn KO geschlagen hatte aus *Baumhütten* stamme, marterte er sein Gehirn und hatte Angst, dass es vielleicht sein unehelicher Sohn sein könne, da *Helma* auch sagte, dass er die gleichen blauen Augen wie er hatte.

Das wäre ja furchtbar. Was würden die Nachbarn sagen? Das ganze Dorf und besonders seine Mitbesucher bei *Sophie* würden sich totlachen.

Erst wird er als Vater festgestellt und dann vögelt der Sohn seine Schwester und dann hat der vermutlich auch keine ordentliche Mitgift. Wenn das bekannt wird nicht auszudenken.

Er musste mit *Helma* reden. *Angelika* muss unter die Haube gebracht werden, so schnell wie möglich, er war schon lange scharf auf die Ländereien vom *Mühlenhof*.

Abends im Bett, nachdem er *Helma* nach langer Zeit wieder einmal beglückt hatte, war seiner Meinung nach der richtige Zeitpunkt gekommen.

Nach einer kurzen Verschnaufpause, meinte er zu seiner Frau: „*Helma, ich glaube wir müssen mal mit Angelika ein ernstes Wort reden, bevor sie sich in irgendwelche Nichtsnutze aus fernen Orten verliebt und vielleicht sich auch noch schwängern lässt*" und bevor *Helma*, die immer noch am Pusten war, etwas sagen konnte, fuhr er fort: " *Ich habe da vor ein paar Wochen beim Bier mal mit Mühlenhofs Herrmann* gesprochen, der sucht eine Frau für sein Herrmännchen. Wenn das hinhaut und unsere beiden Höfe zusammenkommen, dann sind wir im weiten Umkreis die Größten."

„Der ist doch viel zu alt für Angelika", entgegnete seine Frau. „Zu alt, zu alt. Das Alter spielt bei solchen Entscheidungen doch keine Rolle", brummte er aufgebracht, „ich werde in den nächsten Tagen Herrmann noch einmal ansprechen und dann laden wir sie ein und die Sache wird klargemacht. Herrmann ist schon alt und wenn der vorher abkratzt, kommt vielleicht die Verwandtschaft von Seite seiner Frau zum Zug und wir schauen in die Röhre."

„Da muss Angelika auch mit einverstanden sein", antwortete sie.

„Quatsch, es geht hier um die Sicherung, oder auch Vergrößerung unseres Hofes. Herrmännchen ist doch blöd. Der merkt doch nicht, wenn wir uns ihren Hof unter den Nagel reißen und wenn Angelika denn mal was Junges nebenher braucht, ha, ha, ha, die ist schlau genug, da merkt Herrmännchen doch nichts von."

Helma war jetzt wieder ganz wach: „Ja, die kommt ganz auf dich, ich merke ja auch nichts davon, wenn du fremd bürstest", fauchte sie zurück.

„Helmchen, du weißt doch, ich bin dir immer treu geblieben", dann legte er sich schnell auf die andere Seite und versuchte, bevor seine Frau noch weitere Ereignisse aus ihrer Ehe heraus kramte zu schlafen.

Die Gedanken hinter seiner Stirn wogen noch viele Möglichkeiten gegeneinander ab und er überlegte schon welche Landstücke vom *Mühlenhof* er mit welchem Saatgut besähen könnte und wie er deren Ställe umgestalten müsste, damit er den größtmöglichen Nutzen daraus ziehen könnte.

Es war zu Pfingsten, und Pfingstball im Dorf angesagt. Beim Mittagessen, einem schönen Lammbraten mit jungen Kartoffeln meinte ihr Vater ganz beiläufig zu *Angelika* mit treuen, unschuldigen Augenaufschlag, dass sie sich heute Nachmittag beim Kaffee einmal über ihre Zukunft unterhalten sollten und auch, wie es weitergehen kann mit ihrem Hof, wenn sie beiden Alten, dabei schaute er mit einem Auge zwinkernd zu *Helma* herüber, mal nicht mehr arbeiten könnten.

„Du bist jetzt in dem Alter, wo du dir einen Freund anschaffen solltest."

„Wenn sie nicht schon einen hat, rief Helma bissig oder ist es gar der, der damals deinen Vater angegriffen hat"?

„Ich habe keinen festen Freund".

„Ein loser reicht auch", rief *Helma* wieder.

„Vater hat selbst schuld, er hat gestänkert und da hat Friederich sich gewehrt."

„Wie heißt der, Friederich? und wie weitere?"

„Hochbecker oder so ähnlich, „antwortete sie.

Friederich Senior lief rot an und sein Kopf wurde ganz heiß.

Es war also doch der gewesen, den er vermutet hatte, er riss sich aber zusammen.

„Nun bleibt mal ruhig", beschwichtigte *Friederich* dann seine beiden Frauen, *„das besprechen wir beim Stück Butterkuchen heute Nachmittag, wir haben auch Besuch eingeladen."*

Wieder auf ihrem Zimmer war *Angelika* ganz nervös und probierte Kleider an, die sie zum Pfingstball anziehen will.

Sie suchte nach einem besonders schicken Teil, endschied sich dann aber für den schwarzen Minirock und einer knallroten, hochgeschlossenen Bluse unter der ihre Brüste besonders stark betont werden.

Heute Abend wollte sie sich endlich zwischen *Willy* und *Fritze* entscheiden, bevor der eine vom anderen Wind bekommt, wenn die Beiden überhaupt zum Tanz erscheinen. Abgesprochen hatten sie nichts. Einer hatte immer gefehlt, wenn irgendwo ein Fest war.

Wen die mir heute wohl anquatschen wollen? überlegte sie an das Gespräch beim Mittagessen denkend und sie war festentschlossen, sich nicht den Willen ihrer Eltern zu beugen.

Sie war verliebt in *Willy* oder vielleicht auch in Fritze. Große Unterschiede gab es zwischen ihnen nicht.

Die könnte Brüder sein oder Cousins, so ähnlich waren sie.

Fragen wollte sie aber auch keinen, ob er den anderen kennt, dann hätte sie ihnen vielleicht verraten, dass beide schon in ihrem Bett waren. Zwischen den Beiden gab es erhebliche Unterschiede.

Während *Fritze* wie ein verrückter küsste. malträtierte Willy sie mit seiner Unersättlichkeit beim Sex.

Sie war immer fix und fertig, wenn er sie, durch ihr Fenster steigend, wieder verließ.

Die Zeit verrann mit, hier noch ein bisschen Puder, dort noch etwas Rouge. Ein Tropfen Parfüm hinter dem Ohr und die Lippen nachgezogen. Sie wollte unwiderstehlich aussehen an dem Tag der Entscheidung.

„Angelika", schallt es aus dem Esszimmer, „*kommst du*

jetzt, unser Besuch ist da, wir wollen kaffeetrinken."

„Ja Mutti, nur noch ein Sekündchen, ich komme sofort, gieß mir schon Kaffee ein, du weißt ich kann nicht so heiß trinken."

Rein in die Poems und ab zum Esszimmer.

Tür auf und ääh, wer sitzt denn da? Sie hatte mit vielen gerechnet aber die *Mühlenhofers?*

Der Bauer *Herrmann, jetzt mit einem kugelrunden Bauch* galt als scharfer Hecht. In seiner Jugend soll er jeder Frau nachgestiegen sein oder zumindest hinterher geglotzt haben, wurde gemunkelt.

Sie, seine *Lydia* war drei Jahre jünger als ihr Mann, so um die siebzig, schon etwas aus den Fugen geraten und ihre roten Harre strahlten mit dem Kronleuchter um die Wette. Ihre glockenreine Stimme und ihr Lachen erfüllte gerade den ganzen Raum.

Herrmännchen, war auch mitgekommen. Es war der einzige Sohn und so hatten seine Großeltern ihn in der Jugend immer genannt und den Namen wurde er nicht los. Mit seinen zweiunddreißig galt er zwar als ausgezeichnete Partie, ließ sich aber auf keinem Fest blicken und wenn, tanzte er nicht, stand an der Theke, trank Cola und stierte den Mädchen nach.

Freunde schien er auch nicht zu haben, keiner sprach mit

ihm.

Er war groß gewachsen, hatte aber die roten Haare seiner Mutter geerbt, dazu kamen noch ihre Sommersprossen.

Der wird es schwer haben ein Mädchen zu finden, dachte *Angelika*. Dann ging sie artig von einem Gast zum anderen und gab ihnen, mit einem leichten Knicks zur Begrüßung die Hand, dabei merkte sie, dass *Herrmännchen* unter seine roten Haaren noch roter wurde.

Herrmann, der Alte schien sie mit seinen Blicken auszuziehen und *Lydia* rümpfte ob ihrer Kleidung etwas die Nase:

„Wenn die auf unseren Hof kommt, dann muss ich meinen *Hermann* aber im Zaum halten, dachte sie bei sich.

„Setzt dich bitte, sagte ihre Mutter."

Der einzige Platz, der noch frei war, war direkt nehmen dem Junior.

Daher weht der Wind, dachte *Angelika* sofort, die wollen mich heute hier verkuppeln und versuchte gute Miene zum bösen Spiel zu machen.

Artig nahm sie neben *Herrmännchen* Platz und harrte der Dinge die kommen sollten und auch würden, so kannte sie Ihre Eltern.

Nach der zweiten Tasse Kaffee und einem Likörchen für

die Frauen und der obligatorische Wachholder für die Männer, wobei Herrmännchen verweigerte, kam das Gespräch auf die Größe der Höfe und es wäre doch gut, wenn durch eine Zusammenlegung des *Mühlenhofes* und *Gerbershofs*, der größte Betrieb im weiten Umkreis entstehen würde.

Gerbershof, der Name stammte noch von dem Vater der Großmutter von *Fiederich*, das war ihr Dorfname, obwohl sie ja in Wirklichkeit *Dänemann* heißen.

„In dieser Zeit überleben nur die Größten", philosophierte er weiter und alle nickten eifrig.

„Das meint ihr Beiden doch auch?" riefen fast alle vier Elternteile im Chor.

„Ja, Angelika", hob ihre Mutter dann an, *„du mit deiner Betriebswirtschaftsausbildung und Herrmann als kerniger Bauer, ihr seid doch das ideale Paar und wir Alten können uns dann bald zur Ruhe setzten und mit unseren Enkeln spielen,"* flüsterte sie süffisant und *Herrmann* sen. zog sie gerade wieder mit seinen Augen aus.

„Wir haben uns gedacht, dass unser Sohn dich heute zum Pfingstball ausführt, nicht war Herrmann", sprach seine Mutter ihrem Sohn an. *„Das willst du doch auch?"* Halb Frage, halb Anweisung.

Herrmännchen errötete noch mehr und stammelte:
„Ja, das wäre schön."
„Dann frag sie doch", fauchte *Herrmann* seinen Junior an.
„Kommste mit?", flüsterte *Herrmännchen* mit gesenkten Kopf.
„Ja, ich will da sowieso hin, können wir ja zusammengehen."
In Ihr war längst ein Plan gereift, wie sie ihn loswerden kann ohne ihn, ihre oder seine Eltern zu verletzen.

Als es Zeit wurde aufzubrechen, ging sie noch einmal auf ihr Zimmer, um sich etwas zu verändern. Sie entledigte sich ihres Büstenhalters und zog eine weiße Bluse über ihren nackten Busen. Ihre Brustwarzen mit den dunklen Vorhöfen schimmerten durch den dünnen Stoff.

Darüber zog sie ein lila Bolerojäckchen, damit zunächst keiner etwas von ihrer Pracht unter der Bluse erkennen konnte.

„Herrmann nimm unser Auto und fahre deine Braut zum Tanz!" Er nickte und bekam die Schlüssel.

Braut? *Angelika* drehte sich beinahe der Magen um und sie hatte zu tun, dass ihr nicht der Kuchen aus dem Gesicht fällt.

Herrmännchen hatte den Wagen seines Vaters bereits vorgefahren als sie aus der Haustür trat.

Er beute sich über den Beifahrersitz, um die Seitentür zu öffnen, damit sie einsteigen konnte, dabei öffnete sich etwas ihr Jäckchen und ihm fielen beim Anblick der durch die Bluse schimmernden Brustwarzen beinahe die Autoschlüssel aus der Hand und seine Hose beulte sich schlagartig aus.

Vergeblich versuchte er diese Beule mit der freien Hand zu bedecken.

Sie hatte es längst bemerkt und schmunzelte innerlich.

Das Zelt, auf dem das Fest stattfand war erst spärlich von Gästen besucht. Es war noch früh und die Tanzkapelle baute gerade ihre Instrumente auf.

Wie üblich traf man sich vor der Theke.

Die wenigen Freunde von ihr, die auch schon da waren wunderten sich, dass sie mit *Herrmännchen* im Schlepp das Zelt betrat und schüttelten ungläubig den Kopf.

Die kommt mit dem heute zum Fest, das gibt's doch gar nicht, raunten sie sich zu.

„Was möchtest du trinken", fragte er artig. Sie überlegte kurz, und da sie wusste, dass er normalerweise immer Cola trank, wollte sie ihn testen, ob er auch Alkohol vertragen könne: *„Lass uns ein Bier und einen Wachholder*

trinken nach dem fettigen Kuchen", sagte sie mutig.

Bier und Wachholder? Er hatte sowas noch nie getrunken, bestellte aber die Getränke. Beim Öffnen seines Portemonnaies sah sie, dass er mindestens 200 Mark dabei hatte.

Der Schnaps schmeckte fürchterlich, als er ihm über die Zunge ran. Da war das Bier danach schon eine Erlösung.

So allmählich kamen weitere Gäste zu ihrem Kreis vor der Theke hinzu.

Erst schmiss *Knaken Jup* eine neue Runde, dann ein Anderer aber immer nur Bier.

Flitze Jäger hatte auch schon ein paar Bierchen über den Durst getrunken und meinte die junge Tochter von *Gerbers* Hof zum Tanz aufzufordern. Sie lehnte aber ab. Na warte, dich kriege ich auch noch dachte er und ließ sie den ganzen Abend nicht aus den Augen.

Bei *Herrmännchen* hinterließ der Wachholder seine Wirkung. Er wurde immer redseliger und als er wieder an der Reihe war eine neue Runde zu auszugeben, posaunte er schon laut: *„Heute gibt es nur Gedecke. Schnaps und Bier."*

Alle schauten sich verwundert an. So kannten sie das *Herrmännchen* gar nicht.

Nach einiger Zeit brüllte er schon über das Zelt: *„Wann*

spielt die Musik?", Ich will mit meiner Braut tanzen."

Seine Braut? staunten die Umherstehenden. *"Wo ist denn seine Braut?" fragte einer aus der Gruppe vor der The leise."*

"Ich soll das sein, flüstere Angelika. Meine Eltern wollen mich mit ihm verkuppeln."

„Du bist doch wohl nicht bekloppt", war die einhellige Meinung. *"Geld ist nicht alles."*

"Helft mir, bat Angelika, „macht ihn blau und lenkt ihn ab, der hält sowieso nicht lange durch."

Gesagt, getan. Eine Runde folgte der nächsten.

Als dann endlich die Kapelle die ersten Lieder spielte torkelte *Herrmännchen* schon auf die Tanzfläche und bewegte sich als Einziger in komischen Verrenkungen nach der Musik.

Alle anderen hatten einen Kreis gebildet, klatschten ihm zu und lachten. Das ging eine ganze Zeit gut, dann wurde er müde und setzte sich an einen Tisch auf dem er mit verschränkten Armen sein müdes Haupt bettete und schlief alsbald ein.

Das Fest nahm seinen Lauf. *Herrmännchen* schlief. Plötzlich tauchte *Willy* auf oder war es *Fritzchen*, genau konnte *Angelika* es auch nicht mehr erkennen. Er gab ihr ein Zeichen als er sie sah und sie folgte ihm nach draußen.

„Ich kann heute nicht lange bleiben, muss meine Eltern noch zum Flughafen bringen, komme aber vielleicht später noch einmal zurück, wenn du dann noch da bist könnte ich dann bei dir schlafen?" „Sicher", sagte sie, zog ihn aber noch weiter hinter das Zelt und küsste ihn. Das regte ihn so an, dass seine Hand auf Wanderschaft gib und bald ihr feuchtes Herz bloßgelegt hatte.

Mit kurzen harten Stößen drang er in sie ein und nach wenigen Augenblicken ergoss er sich in ihr und sie streichelte ihn über sein blondes Haar.

Er rückte seine Wäsche wieder zurecht gab ihr noch einen Kuss und verschwand.

Sie ging zur Toilette und erfrischte sich.

Die Familie *Dahlmann* war auch auf dem Fest.

Sie hatten es sich ganz hinten im Zelt an einen kleinen Tisch bequem gemacht. Wenn ein Walzer gespielt wurde tanzten sie auch miteinander.

Es saß noch ein Bengel von ungefähr zwanzig Jahren mit am Tisch.

Wie allgemein gemunkelt wurde, war er schon oder sollte er angenommen werden, weil die beiden ja keine Kinder bekommen hatten aber genaues wusste keiner.

Dahlmanns wurden immer noch gemieden.

Selbst die nächste Generation machte einen großen Bogen um deren Bauernhof und suchte keinen Kontakt.

Fritze Dahlmann war auch jetzt noch ein Starker Mann und einige der anderen Gäste hatte nie vergessen, wie er sie einmal in der Dorfkneipe maßgenommen hatte und sie machten zunächst einen großen Bogen um ihn.

Mit zunehmendem Alkoholgenuss wurden sie aber mutiger. Beim Tanzen versuchten sie das Paar zu rempeln oder gar Fuß zustellen.

Das hatte auch der unbekannte Bursche an ihrem Tisch mitbekommen. Als das bei einem Tanz wieder passierte, stand er auf, riss den Bengel von seiner Tänzerin weg, holte aus und seine Rechte klatsche an den Schädel.

Der Junge hatte die Faust nicht kommen sehen und flog im hohen Bogen durch das Zelt.

Das sahen auch die anderen Burschen, die an der Theke standen, schauten sich kurz an, rannten auf ihn los. und wollten ihn ans Leder.

Hatte vor einigen Jahren *Fritz Dahlmann* ihren Altvorderen blaue Augen verpasst, so machte es jetzt der unbekannte, junge Mann von *Dahlmanns* Tisch.

Es war der neue Knecht auf ihren Hof und sein Bauer klopfte ihn, nachdem wieder Ruhe eigekehrt war und einige Angreifer ihre Beulen kühlten anerkennend auf die Schulter als er schon nach ganz kurzer Zeit zum Tisch zurückkam.

Die Sache war geklärt, die Fronten abgesteckt.

Beim ersten Ton, den die Kapelle wieder von sich gab war wieder Stimmung im Zelt, bis auf die Jungs, deren Kopf mächtig dröhnte.

Angelika tanzte beinahe jeden Tanz und auch einmal forderte *Julius*, das war der Vorname des neuen Knechtes von *Gahlmann* sie auf und beide schwebten über den etwas unebenen Boden des Festzeltes.

Gegen drei Uhr, die Kapelle hatte schon den letzten Tanz angekündigt, taucht *Fritzchen* plötzlich wieder auf oder war es doch *Willy? sie konnte das nicht mehr unterscheiden,* fiel ihm aber, weinselig wie sie war um den Hals und bat ihm sie nach Haus zu bringen.

 In diesem Moment öffnete auch *Herrmännchen* wieder seine angeschwollenen Augen und sah, wie *Angelika* gerade mit Jemand das Zelt verließ. Wer es war konnte er nicht erkennen.

„Das ist doch meine Braut haben die Eltern gesagt, da muss ich hinterher", rief er, verließ schaukelnd das Zelt., setzte sich in sein Auto, startete, fuhr suchend mit aufgeblendeten

Scheinwerfern vom Parkplatz neben dem Zelt und verschwand in den frühen Morgen. Im Osten graute schon der Himmel.

Helma hatte, wie jeden Morgen kurz nach sechs das Kaffeewasser aufgesetzt und war gerade dabei in der Melkkammer heißes Wasser in einem Eimer zum Reinigen der Zitzen an den Eutern der Kühe vorm Melken einlaufen zulassen.

Sie hatten gestern noch lange mit dem *Mühlenhofern* zusammengesessen und Pläne über die gemeinsame Zukunft ihrer Kinder geschmiedet, wobei einige Flaschen Bier und die nötigen Zerstäuber die Kehlen der Männer hinunter rannen, daher lag Friederich auch noch in Sauer.

Plötzlich hörte sie wie eine ziemliche Unruhe im Kuhstall aufkam.

Läuft der Hund doch schon wieder Im Kuhstall herum, dachte sie, als sie die Tür zum Stall öffnete, da es solche Unruhe immer gab, wenn ihr *Harro* durch den Stall schlich.

Der Morgen dämmerte erst. Licht wollte sie aber noch nicht anmachen.

Melken konnte sie auch bei dieser Beleuchtung.

Hinten bei der *Liese,* eine der ältesten Kühe, war ein großes Durcheinander. Sie trampelte mit den Hinterbeinen von einer Seite zur anderen.

Dann sah sie einen dunklen Gegenstand bei der Kuh im Stall liegen. Schnell lief sie den Gang entlang und erkannte, dass da eine Person zwischen den Kühen Lag.

„Friederich, Friederich, komm schnell im Stall liegt einer zwischen den Kühen", brüllte sie lauthals als sie in die Futterküche kam.

Friederich, der sich gerade von seiner Lagerstatt erhoben hatte, saß, den Kopf mit beiden Händen auf seinen Knieen abgestützt auf dem Klo, als der Schrei seiner Frau ertönte.

„Moment, ich komme gleich. Bin auf dem Pott."

Er kannte die Hysterie seiner Frau, wenn sie etwas entdeckt hatte, das sie nicht gleich zuordnen konnte. In aller Ruhe putzte er sich den Allerwertesten ab, wusch sich die Hände, haute eine Handvoll kaltes Wasser in sein Gesicht und ging dann in die Küche, wo sie aufgeregt auf ihn wartete.

„Friederich es liegt einer im Kuhstall zwischen die Kühe."

Er schaute sie ungläubig an.

Die spinnt, hat auch wohl zu viel gesoffen gestern, ging es ihm durch seinen schweren Kopf, folgte ihr dann aber in den Stall. Sie schaltete die Lampe an, die gab zwar auf Grund der vielen Fliegenscheiße auf ihr nur ein spärliches Licht ab, es war aber hell genug, um zu erkennen, dass da hinten wirklich ein Gegenstand im Stroh lag, der da nicht hinhörte.

Der Bauer sah trotz dickem Schädel nach wenigen Schritten einen menschlichen Körper, der zwischen den letzten beiden Kühen lag, die ganz wild versuchten mit ihren Hinterbeinen um ihn herum zu tanzen, aber auch auf ihn herum trampelten.

Er erkannte sofort, hier ist Gefahr im Verzuge und rief zu Helma:

„Ruf sofort den Doktor, ich versuche ihn hier herauszuziehen."

Es war zwar noch früh, aber wenn einer in Not ist muss auch ihr Hausarzt, der als Langschläfer bekannt war mal früh aufstehen. Hat doch schon genug Geld an uns verdient, dachte er.

Inzwischen hatten sie ja ein eigenes Telefon zu dem *Helma* dann eiligen Schrittes rannte, um zu tun, was *Friederich* angeordnet hatte.

„Wer hat denn gestern so viel gesoffen, dass er sich unter unsere Kühe zum Schlafen legt?", fluchte der Bauer laut, auch nicht zuletzt um den Menschen wach zu machen, der da lag.

Erste Versuche die Person zwischen den Beinen der Kühe zu entfernen misslangen. Dann erkannte er, dass dieser Mensch nicht mehr am Leben war und er sich an einem Tatort befand und durch sein Hantieren nur Spuren verwischen könnte.

Er lief ebenfalls zum Telefon, wo Helma gerade das Gespräch mit dem Arzt beendet hatte.

"Der ist tot", brüllte er, riss ihr den Hörer aus der Hand und wählte zitternd 110 die Polizei.

Er schildert kurz was sie gerade vorgefunden hatten und der Beamte riet ihnen den Stall nicht mehr zu betreten.

Helma wurde kreidebleich als *Friederich* ihr seinen Verdacht mitteilte und beide gingen vor die Tür, um auf die Ankunft der Polizei und dem Hausarzt zu warten.

Schon nach wenigen Minuten hörten sie das Martinshorn und gleichzeitig mit der Polizei fuhr der Arzt auf den Hof. Die Polizeibeamten ordneten an, dass sie alle zurückblieben und betraten den Kuhstall.

Nach kurzer Zeit baten sie den Arzt herein. Der kam bald mit den Polizisten zurück und sagte nur als er die fragenden Augen sah:

„Exitus. Wo kann ich mir die Hände waschen?"

Er ist tot, übersetzte *Friederich* zu seiner Frau und zeigte dem Arzt den Weg zum Spülstein

Auch die Polizisten reinigten sich die Hände und warteten auf die Spurensicherung und den Dorfpolizisten *Klaus Grün*, den die Dorfbewohnen immer nur *Dünner Grün* nannten, weil er so ein magerer Hund war.

Der Arzt ging mit *Helma* ins Haus, plötzlich erkannte er, dass sie kurz vorm Kollabieren war.

"Schenk uns mal nen Schnaps ein, dann geht's uns wieder besser!" was sie auch gleich mit zitternden Händen tat.

Grün erschien auch nach einiger Zeit und warf *Friederich* einen bösen Blick zu, weil er nicht als Erster alarmiert worden war.

Obwohl sie sich sonst duzten wurde er dann förmlich:

„Herr Gerber, äh Herr Dänemann wo waren sie heute Morgen zwischen, äh?"

Er schaute hilfesuchend zu seinen Kollegen, die ihm dann zu verstehen gaben, dass sie auch noch keinen Todeszeitpunkt hätten und er doch mit der Vernehmung so lange warten möge, bis sie nähere Informationen hätten.

Friederich machte nur mit der Hand den Scheibenwischer vor seinem Kopf und setzte sich auf die Bank vors Haus.

Wenig später war auch der Notarztwagen mit Besatzung

da und die Sanität rannten in den Kuhstall.

Bis der vollständige Polizeiapparat auf dem Hof erschien, dauerte es fast eine Stunde.

Es war halt noch früh und gerade Wachwechsel gewesen.

Inzwischen waren auch die Nachbarn auf die merkwürdige Polizeiansammlung auf *Gerbershof* aufmerksam geworden und lugten durch Fenstern und Türschlitzen zu den Gebäuden herüber.

Als *Helma* mit dem Arzt wieder vor der Haustür erschien, fiel *Friedrich* plötzlich seine Tochter ein:

„*Helma*, schau mal nach *Angelika*." Sie machte große, ängstliche Augen und schlug sich mit ihrer linken Hand vor den Kopf: „*Die haben wir ja ganz vergessen. Hoffentlich liegt sie in ihrem Bett*", rief sie und rannte los.

In diesem Moment fuhr auch *Flitze Jäger* mit der Sonntagszeitung, die er auch austrug auf seinem Moped auf den Hof.

Entgegen seiner sonstigen Gewohnheit erst lange zu quatschen, legte er die Zeitung nur auf die Bank vor der Tür und verschwand.

Bei *Horst*, der vor dem Laden stand hielt er an und fragte ihn was passiert war. Der wusste auch noch nichts.

Friederich war, nachdem er sich von *Angelika* verabschiedet hatte, nach Haus gefahren, hatte seine Eltern mit ihrem Gepäck in den VW gezwängt und sie zum Flugplatz zum Flugplatz gebracht.

„Denk daran Junge und vergesse nicht den Hund zu füttern, die Kaninchen zu versorgen und hole nachmittags, wenn du von der Uni kommst Futter für die Schweine und Kühe vom Boden, damit Nachbars Heinze sie füttern kann und füll die Milch in die Kannen. Die musst du jeden Morgen an die Straße stellen."

„Bleib ruhig Frau", sagte *Karl*, ihr neuer Mann ziemlich aufgebracht, *„das haben wir den Jungen doch schon dreißig Mal erzählt. Das macht der schon"*.

„Aber denk auch daran", hob sie wieder an, *„wenn Du nachher wieder zum Pfingstfest fährst, dass du keinen Alkohol trinkst, du brauchst deinen Führerschein noch und pussier nicht immer mit dieser Angelika herum. Was ist das überhaupt für Eine?"*

„Mutter das ist ein ganz anständiges Mädchen vom Gerbers Hof."

„Was, von Gerbers Hof?" Sie ahnte plötzlich Schlimmes. Dachte an ihre Zeit bei *Meierling*, sagte nichts mehr und ihre Gedanken surrten nur so durch ihren Kopf.

„*Ja Mutter, ich bin doch nicht blöd und weiß auch noch nicht ob ich da noch hinfahre.*"

Dann war Ruhe im *VW*.

Nachdem er sie am Flughafen abgesetzt hatte, war er froh jetzt ein paar Tage freie Bude zu haben, da könnte er ja auch *Angelika* mal zu sich einladen und sie dann auf seinem Zimmer und in seinem Bett vernaschen. Dann gab er Gas.

Helma öffnete mit bangen Gedanken die Tür zu *Angelikas* Zimmer.

Das Rollo war noch heruntergezogen.

Es roch ziemlich nach Alkohol und ein weiterer, undefinierbarer Geruch waberte durch das Zimmer, da das Fenster fest verschlossen war.

Sie erkannte *Angelika*. Die war erst gar nicht wach zu kriegen aber Gott sei Dank, sie lag in ihrem Bett und atmete.

Sie rüttelte an ihrer Schulter:

„*Komm schnell her, Angelika, es ist bei uns etwas Schreckliches passiert.*" „*Was ist passiert?*" lallte Angelika und schaute ihre Mutter mit großen Kuhaugen an:

„*Steh auf und komm mit.*" die zog sich ihren

Trainingsanzug über und wankte hinter ihrer Mutter her. *Helma* lief mit ihr direkt in den Kuhstall, wo man die Leiche gerade unter den Kühen hervorgezogen hatte und das zertrampelte Gesicht reinigte. *Angelika* starrte auf den Körper konnte an dem blutüberströmten Gesicht zwar nicht erkennen, wer da lag, die Kleidung kam ihr aber sofort bekannt vor und sie wusste wer es war, dann brach sie mit einen Aufschrei zusammen und verlor das Bewusstsein. *„Wie können sie diese Frauen hier herein lassen?"* schrie der diensthaben Arzt und befahl dem an der Tür stehenden Polizisten mit sich überschlagender Stimme an, ja keinen mehr an den Tatort zu lassen.

Ein weiterer Notarzt schliff *Angelika,* unter ihre Arme greifend, zunächst in die Küche, dann kam ein weiterer Sanitäter mit einer Trage und sie trugen sie in de Sanitätswagen.

Nach einiger Zeit, in der *Helma* und *Friederich* Blut und Wasser schwitzten und Angst um Ihre Tochter hatten, öffnete der Sani die Tür vom Wagen und rief: *„Wir bringen sie jetzt ins Krankenhaus."*

„Fahr du mit", befahl *Friedrich* seiner Frau und sie setzte sich gleich mit in den Wagen, der mit Blaulicht und Martinshorn den Hof verlies.

Es dauerte mehr als eine Stunde, dann kam der Leichenwagen.

Der Körper war erst gar nicht mehr in den zweiten Notarztwagen gebracht worden. Der Arzt hatte zweifelsfrei den Tod der Person festgestellt und da der Leichnam voller Kuhscheiße war, wollte man ihn nicht mehr in den Wagen bringen und sie hatten *Hahnes Gerdfried,* den Beerdigungsunternehmer angerufen.

Derr dünne *Grün* und die inzwischen eingetroffene Kriminalpolizei, beschlossen, nach Rücksprache mit dem Arzt, dass der Körper mit dem Leichenwagen zur weiteren ärztlichen Untersuchung ins Krankenhaus gefahren wird und sie begannen mit der Befragung des Bauern.

Grün bekam den Auftrag die Menschenansammlung auf dem Hof zu bitten doch wieder nach Haus oder ihrer Arbeit nachzugehen, im Moment könne die Polizei noch nichts zu dem Vorfall auf dem Hof sagen, nur dass im Kuhstall eine männliche Leiche gefunden wurde. Wer es war wusste noch keiner.

Bauer *Friederich* wurde dann ausgiebig ins Verhör genommen.

Er schilderte wie seine Frau ihn gerufen hatte und wie er

dann versucht hat den Menschen unter den Beinen der Kühe weg zu bekommen. Das war ihm nicht geglückt und die Kühe waren so wild, dass er sein Vorhaben dann aufgegeben hat und per Telefon den Notarzt und die Polizei benachrichtigt hat. Mehr konnte er dazu nicht sagen und da das Gesicht ganz zertreten war hatte er ihn auch nicht erkannt.

Helma, die eventuell noch was aussagen konnte, war ja im Krankenhaus bei ihrer Tochter und der vernehmende Beamte beschloss das nachzuholen.

Da der Getötete keine Ausweispapiere bei sich trug, wusste auch keiner wer er war.

Im Dorf schwirrten die Gerüchte.

Die meisten Umherstehenden waren nicht nach Haus gegangen, sie hatte sich bei *Horst* im Laden versammelt.

Bei einer Flasche Bier wurden die wildesten Gedanken ausgetauscht.

Wer der Tote sein könnte, wusste aber auch keiner zu sagen.

„Wenn Friederich man nicht einen erwischt hat, der bei Angelika rein wollte", meinte einer, *"oder schon wieder rausgekommen ist"*, ein anderer und lächelte süffisant. *„Aber warum läuft der durch den Kuhstall?"*, kam eine Frage

aus der dritten Reihe im Laden.

„Das ist doch die Abkürzung. Hinter der Scheune her, durch den Kuhstall und die Futterküche, dann zur Hintertür wieder raus und schon biste bei Angelikas Fenster", rief Wildbergs Herbert.

"Woher weißt du das denn so genau?", fragte seine Frau ganz erbost. *„Na, das weiß doch jeder"*, der da schon einmal auf dem Hof war."

„Die ist ja noch besoffen", zischte der diensthabenden Arzt seiner Kollegin zu als er sich über *Angelika* beugte. Sie hatten das Mädchen jetzt erst einmal ruhiggestellt.

Gefahr bestand nicht mehr.

„Da im Dorf war gestern ja Pfingstfest. Wenn die ausgeschlafen hat müssen wir uns mal näher mit ihr unterhalten."

Helma saß noch vor der Tür des Behandlungszimmers, als der Arzt ihr die beruhigende Meldung brachte, dass sie ihre Tochter jetzt erst einmal ruhiggestellt hätten und sie nach Haus fahren und Bekleidung holen könne.

Ein paar Tage müsste ihre Tochter schon in der Klinik bleiben.

Nach Hause fahren? *Helma* überlegt wie sie das anstellen könnte.

Sie war mit dem Notarzt gekommen.

Ein Bus fuhr um diese Zeit nicht und eine Taxe, näh, erst einmal war die zu teuer und was würden die Nachbarn denken, wenn sie mit einer Taxe auf dem Hof ankommt.

Sie bat an der Rezeption des Krankenhauses einmal ihren Mann anrufen zu dürfen.

Friederich, war nach mehrmaligen Anrufen endlich am Apparat gegangen und holte sie mit ihrem Auto ab.

Die Polizei hätte ihn auch nicht anhalten dürfen.

Angelika wurde nach mehreren Stunden wieder wach. So allmählich kamen ihr die Ereignisse von gestern und heute Morgen wieder in Erinnerung.

Einer von den Jungs hatte sie nach Haus gebracht.

Er war auch bei ihr mit im Bett gewesen. Aber wer war es?

Fritze oder Willy.

Wer war der Tote im Kuhstall?

Sie meinte die Kleidung erkannt zu haben aber so genau wusste sie auch nicht mehr, was ihr Gast angehabt hatte. Am Gesicht hatte sie ihn auch nicht erkannt, das war grauenhaft zermatscht gewesen.

Ein furchtbarer Anblick. Sie wurde wieder von einem

Weinkrampf geschüttelt.

Da sah sie eine Schachtel Tabletten auf ihrem Nachtschrank. Sie riss die Verpackung in Windeseile auf, drückte den ganzen Inhalt in ihre Hand, beugte sich zum Waschecken herüber, das links neben ihrem Bett an der Wand saß, schmiss die Pillen in ihren Rachen und spülte mi einer Handvoll Wasser nach.

Wenn *Fritze* oder *Willy* oder? nicht mehr lebten, dann wollte sie auch nicht mehr auf dieser Welt sein.

Es dauerte nicht lange als sie immer müder wurde und ihre Gedanken an die Ereignisse verschwanden.

Fiederich hatte *Helma* abgeholt und sie packte zu Haus sofort etwas Wäsche für ihre Tochter ein.

Nach dem Kaffeetrinken wollten sie wieder ins Krankenhaus fahren, um mit ihrer Tochter zu sprechen und ihr einen Schlafanzug und Waschzeug zu bringen.

Sie saßen still vor ihrer Tasse Kaffee und jeder ging in Gedanken noch einmal den heutigen Morgen durch.

„Weißt du denn schon wer das war den ich da gefunden habe? fragte sie nach einer Weile.

„Ne, die haben alles durchgesucht, hatte aber keine Papiere bei

sich und erkennen konnte man ihn nicht mehr", antwortete *Friederich* leise, dann klingelte das Telefon.

Er sprang auf und riss den Hörer an sein Ohr.

Helma höre nur wie er immer wieder sagte: *"Ja, machen wir. Gut, geht klar. Ja, halbe Stunde. Ja wir fahren sofort los."*

"Was ist? wer war das? Was wollte der? Wollte *Helma* sofort wissen.

Das war die Polizei, da sollen wir noch einmal vorbeikommen.

Das können wir doch auf einem Wege machen.

Erst zur Polizei, dann zum Krankenhaus."

Der Tote war noch immer nicht identifiziert und unter *Unbekannter Toter* im Leichenkeller abgelegt worden.

Es war auch keine Vermisstenmeldung eingegangen.

Die Polizei hatte schon eine Information an die Presse weitergegeben und die Tochter des Bauern kann noch nicht vernommen werden, weil sie immer noch schläft, wie das Krankenhaus auf Anfrage mitgeteilt hat.

Helma wurde, als sie bei der Polizei ankamen auf der Wache vernommen, konnte aber auch nur aussagen, dass sie sich gewundert hatte, weil ihre Kühe so unruhig waren und sie *Friederich* alarmiert hat.

„*Alles andere wissen sie ja schon*", beendete sie ihre Aussage.

Die diensthabende Schwester *Hildegart* ging routinemäßig kurz vor der Abendesseausgabe von Zimmer zu Zimmer, um sich vor der Abendvisite noch einmal über den Zustand der Patienten auf ihrem Flur zu erkundigen.
Im Zimmer 14 herrschte absolute Ruhe.
Es lag ja auch nur die Patientin, die heute Morgen mit einem Kreislaufkollaps eingeliefert wurde auf dem Zimmer. Sie lag nach links gekauert in ihrem Bett und rührte sich nicht.
Auch nachdem sie sie angesprochen und an der Schulter berührt hatte, kam keine Reaktion. Dann sah sie die aufgerissene Schachtel Schlaftabletten und gab sofort Alarm.
Wer hat die Schachtel im Zimmer liegen lassen? War das ein Arzt oder die Morgenschwester gewesen, fragte sie sich. Gleich würde es ein „Donnerwetter vom Stationsarzt geben, wie immer, wenn etwas passiert war.
Das war aber in diesem Moment egal, als sie *Angelika* im rasanten Tempo in ihrem Bett liegend in den OP kutschierte.

Hier war inzwischen alles vorbereitet und es wurde ihr eine Sonde in den Magen eingeführt und derselbe ausgepumpt.

Friederich und *Helma* bewegten sich eilenden Schrittes über den Flur zum Zimmer 14.

Die Tür stand groß auf. Das Bett mit *Angelika* war nicht mehr im Raum.

Hilfesuchen liefen sie zum Schwesternzimmer, da war aber auch Niemand. Plötzlich kam ein Pfleger im weißen Anzug über den Flur gelaufen, der ihnen aber eilig auf ihre Frage nach ihrer Tochter zurief, sie sollte sich hinsetzen es käme gleich Jemand.

Nach einer ganzen Weile tauchte eine Krankenschwester auf, die sie nach ihrer Tochter fragten.

„Das junge Frl. Dänemann liegt auf Intensiv. Ihr Zustand hat sich etwas verschlechtert.

Sie können da im Moment aber nicht hinein. Bleiben sie hier, ich melde mich bald wieder."

Zwei Stunden saßen sie da mit bangen Gedanken.

Keiner sagte was. Alle huschten von einer Tür über den Flur zur anderen, dann kam endlich ein Arzt.

Es war der gleiche, den *Helma* schon gesehen hatte und

bat sie zu sich in sein Zimmer, um ihnen mitzuteilen, dass ihre Tochter einen Suizidversuch unternommen hat aber wohl über den Berg ist

Sie könnten sie aber heute nicht mehr sprechen und sie sollten sich bis morgen früh gedulden, wenn sich etwas an ihrem Zustand verändern würde, bekämen sie sofort Nachricht.

„Bitte lassen sie ihre Telefonnummer hier Ich melde mich bei Ihnen. So oder so."

Dann schob er sie aus dem Zimmer.

Auf der Rückfahrt sprach keiner ein Wort. Was war das für

ein Tag gewesen?

In der Nähe des Festplatzes vorm Dorf stand schon seit drei Tagen ein alter VW. Die Leute wunderten sich, dass der nicht abgeholt wurde.

Den hat wohl einer stehenlassen, weil er Alkohol auf dem Fest getrunken hat, war die allgemeine Meinung.

Durch Zufall erkannte Jemand den Wagen und rief: "Das ist *Fritze* sein Wagen". Dann ahnte er was und lief zum dünnen *Grün*, um ihn seine Vermutung mitzuteilen.

Der Polizeiapparat lief nun auf Hochtouren.

Am Telefon, die Nummer hatte man schnell ermittelt, meldete sich keiner.

Ein Arbeitgeber war nicht bekannt: *„Der studiert doch noch"*, gab einer bei der Polizei an.

 Es waren aber Semesterferien. An der Uni meldete sich auch keiner.

Auf Nachfrage im seinem Wohnort *Bauhütten* sagten die Nachbarn dem Polizisten, dass die Eltern vereist wären und der Sohn sie zum Flughafen gefahren hätte.

Der Wagen wurde dann auf Anweisung der Polizei abgeschleppt und auf dem Polizeihof sichergestellt.

Im Handschuhfach fand man auch die Fahrzeugpapiere und einen Führerschein auf den Namen *Friederich Dänemann*.

Der Kriminalbeamte stutzte als sein Kollege ihm die Fahrzeugpapiere und den Führerschein gab.

„Dänemann, so heißt doch auch der Bauer, beim dem die Leiche im Kuhstall lag", sprach er zu seinem Gegenüber. *„Sofort vorladen, alle Beide."*

Friederich schimpfte vor sich hin:

„Was wollen die schon wieder? als er die Vorladung der Polizei erhielt und *Helma* auch mitkommen sollte.

„Herr Dänemann, Frau Dänemann mit größtmöglicher Wahrscheinlichkeit heißt der Tote aus ihrem Kuhstall Friederich Dänemann. Ist das Verwandtschaft von ihnen.?

Friederich glaubte den Boden unter den Füßen zu verlieren als er den Namen hörte und *Helma* bekam einen puterroten Kopf.

Da war sie wieder, seine Vergangenheit und er dachte an die Stunden bei *Sophie* im Schlafzimmer und seine angebliche Vaterschaft.

Er hatte den Jungen nie gesehen. Zahlte jeden Monat sein Unterhalt und sonst wollte er mit dem nichts zu tun haben. Dies sagte er es auch dem Vernehmenden.

„Aber wie kommt der bei uns in den Kuhstall?", stellte er sich und allen Anwesenden die Frage

„Vielleicht haben sie ihn da hereingelockt und haben ihn dann erschlagen und vor die Kühe geworfen. Sie haben sich ja schon einmal mit ihm geschlagen, wie wir erfahren haben."

„Was habe ich, mich mit dem geschlagen? Ne, das wüsste ich."

„Doch Friederich, das war doch der, der dich vor zwei Jahren auf dem Erntefest angegriffen hat", warf *Helma* ein.

„Da weiß ich nichts mehr von, Der hat mich KO geschlagen."

„Und jetzt haben sie sich gerächt", sprach der Polizist und

grinste ihn an, als wenn er einen Schwerverbrecher überführt hat.

„Ne, ne das kann nicht sein, mein Mann lag die ganze Zeit neben mir im Bett und wir sind zusammen aufgestanden", rief *Helma* dazwischen", die schon Unheil auf sie zukommen sah.

„Frau Dänemann sie brauchen jetzt nichts mehr zu sagen. Sie sind seine Frau und brauchen ihren Mann nicht belasten", belehrte sie der Beamte.

„Aber er kann es nicht gewesen sein. Er lag neben mir und ist kurz nach mir aufgestanden, Glauben sie mir doch. Ich bin, wie jeden Morgen gleich in den Stall, um die Kühe fürs Melken vorzubereiten. Dann sah ich den Toten zwischen den Kühen liegen und habe meinen Mann sofort gerufen, der war da gerade auf der Toilette."

Das Verhör zog sich noch eine ganze Zeit hin. Mit der Anweisung das *Friederich* in der nächsten Zeit das Land nicht verlassen darf wurden sie dann entlassen und fuhren zum Krankenhaus. Es war schon sehr spät geworden.

Inzwischen hatte sich auch in Baumhütten herumgesprochen, dass mit *Dänemanns Friederich* etwas passiert sein müsste, denn der Nachbar, der das Vieh versorgen sollte hatte schon geschimpft, weil alles was *Friederich* vorbereiten sollte nicht getan wurde.

Sophie hatte ihn vor ein paar Tagen angerufen und ihm die Telefonnummer von dem Hotel durchgegeben in dem sie untergebracht waren. Er sollte mal versuchen *Friedrich* zu erreichen. Sie hatte ihn abends auch nicht ans Telefon bekommen. Da rief der Nachbar sie an und schilderte ihr was in Baumhütten so erzählt wurde sagte aber dazu, dass das alles Gerüchte waren und keiner etwas Genaues wüsste

Sie reisten am nächsten Tag sofort zurück und gingen zur Polizei, wo ihnen dann erklärt wurde, dass ihr Sohn einem Verbrechen zum Opfer gefallen sei.

Als sie dann noch hörte wo das passiert war, schrie sie vor Wut und Trauer auf und brüllte:

"Jetzt hat er seinen eigenen Sohn umgebracht."

Auch die beschwichtigenden Worte des Polizisten, dass der Bauer *Friederich* es nicht sein könne, da er ein einwandfreies Alibi für die mögliche Tatzeit hat, nutzten nichts, sie war außer sich vor Rage.

„Karl komm her da fahren wir sofort hin." Aber wie, sie hatten ja kein Auto.

Es wurde eine fürchterliche Nacht. Keiner von Beiden hatte ein Auge zugekriegt.

Nach dem Frühstück hatten sich Beide aber einigermaßen wieder unter Kontrolle, so dass sie ihren Nachbarn bitten konnten, sie zur Leichenhalle zu fahren, da sie ihren Sohn noch einmal sehen wollten. Danach dann zu *Friederich Dänemann, um* ihn noch einmal auf Ehre und Gewissen auf den zu Zahn fühlen und fragen wie sich alles abgespielt hat.

Angelika lag auf ihrem Zimmer als ihre Eltern eintrafen. Das zweite Bett war inzwischen auch belegt. Sie sah sehr bleich aus und hatte traurige Augen.

Der Doktor hatte sie wieder ins Leben zurückgeholt und bat ihre Eltern sie nicht zu fragen:

„Sie braucht noch ein paar Tage und muss das Erlebte erst noch verarbeiten."

„Wussten sie, dass Ihre Tochter schwanger war?", fragte er als sie wieder auf dem Flur standen.

Die beiden waren wie von Blitz getroffen: „Nein", sagten beide wie aus einem Mund.

„Ja", sagte der Arzt, im dritten Monat, wir mussten den Fötus holen, er war durch die lange Bewusstlosigkeit ihrer

Tochter schwer geschädigt. Es soll jetzt noch untersucht werden, ob der Getötete der Erzeuger gewesen sein könnte.

Die Beiden fuhren nach Haus. Auf der einen Seite freuten sie sich, dass ihre Tochter noch am Leben war, bedauerten aber, dass sie das Baby nicht austragen konnte.

Sie hatten sich schon immer ein Enkel gewünscht.

Zur Not auch eine Enkelin. Dann wäre es mit den *Mühlenhofer* zwar nichts geworden oder vielleicht doch. *Herrmännchen* hätte vielleicht gar nichts gemerkt, wenn sie gleich geheiratet hätten. Siebenmonatskinder hat es ja schon öfter gegeben.

Auf ihrem Hof angekommen, sahen sie dort ein unbekanntes Auto stehen mit zwei Personen die darin saßen und sicher auf Jemanden wartete.

Als sie ihr Auto verlassen hatten wurde die Tür des Wagens aufgerissen und eine weibliche Figur lief auf sie zu und schrie mit voller Kehle: *„Hast du meinen Fritz umgebracht?"*

Friederich war wie vom Blitz getroffen. Das fehlte auch noch, nach den vielen Strapazen, die sie an diesem Tag schon erlebt hatten.

Er sank auf die Knie, schaute zu *Sophie* hoch und bat:

„Bitte lasst uns hereingehen und über alles sprechen, wir haben heute schon so vieles über uns ergehen lassen müssen, ich habe unseren Sohn" und er betonte besonders: "Unseren Sohn nicht umgebracht."

Bei aller Trauer um das Geschehene besprachen sie nach einiger Zeit und einer Tasse Kaffee, was sich ereignet hatte. Sie wollten *Friederich* eine würdige Beerdigung zu Teil werden lassen, egal was die Klatschmäuler im Dorf sich dabei dachten aber erst musste die Leiche freigegeben werden. Das könnte noch dauern, so hatte es ihnen Polizeioberkommissar *Hans Rahnke*, der die Mordkommission *„Kuhstall"* leitete, die inzwischen gegründet worden war, gesagt.

Dänemann wollte auch die Hälfte der Beerdigungskosten übernehmen.

Er brauchte ja jetzt keine Alimente mehr zahlen, wie er im Stillen schon überlegt hatte.

Die Spurensuche am Tatort hatte sich als äußerst schwierig herausgestellt Die Kühe hatten mögliche Spuren oder Fußabdrücke vernichtet.

Es gab auch keine Einbruchhinweise. Die Stalltüren waren zwar zu aber nicht verschlossen.

Im Kuhdung fanden sie ein paar Tage später ein

Feuerzeug mit einem Abbild darauf, dass durch die Säure der Jauche im Dung fast nicht zu erkennen war. Es könnte eine nackte Göttin oder ein Gott sein. Das war nur zu vermuten.

An der Rückwand des Kuhstalls, in Höhe des Leichenfundortes waren Abriebspuren einer Lederjacke entdeckt worden.

Als Todesursache wurde letztendlich Tod durch Ersticken festgestellt. Jemand musst bei einem Handgemenge den Kopf von *Friederich* mit dem Gesicht zu unters in die dort vorhandenen Kuhfladen gedrückt haben, wurde vermutet. Rückstände von Kuhdung in der Lunge des Toten ließen diesen Schluss zu.

Da *Friederich* zu seinen Lebzeiten ein durchaus großer und starker Bengel war, muss sein Mörder noch stärker gewesen sein oder er hat das Überraschungsmoment ausgenutzt.

Hat der Täter *Friederich* im Kuhstall aufgelauert oder war es reiner Zufall, dass Beide sich dort getroffen haben.

Was wollte *Friederich* und oder der Unbekannte sonst im Stall, wenn sie nicht auf dem Weg zum oder vom *Angelikas* Fenster waren.

Vor einem Jahr hatte es hinter dem Stall einen

Brandanschlag gegeben. Dort hatte jemand daliegendes Stroh angezündet. Nur durch den Umstand, dass es ein Gewitter gab und der begleitende Regen das angebrannte Stroh sofort wieder gelöscht hat, ist es zu verdanken, dass der Bauernhof nicht abgebrannt ist.

Der Bauer hatte das auch erst Tage später gesehen als er ums Haus ging, der ganzen Sache aber keine große Beachtung geschenkt und keine Anzeige erstattet.

Die Frage, die sich die Mordkommission immer wieder stellte, war: *„Was wollte Friederich im Stall?"*

Da bislang noch keiner der möglichen Beteiligten ein Hinweis gegeben hatte, dass es eine Liebelei zwischen *Angelika* und *Friedrich* gab, wie ihre Eltern annahmen und *Angelika* immer noch nicht vernehmungsfähig im Krankenhaus lag, konnte sie nicht befragt werden.

Erst *Sophie* brachte die Sprache bei einem Ortstermin darauf und da kam für die Polizisten wieder etwas mehr Licht ins Dunkel.

Sie schilderte die Historie der Verbindungen untereinander, so dass mit einem mal wieder mehrere Personen verdächtigt waren *Friederich* erstickt zu haben.

Nicht alle.

Mutter *Helma* schied auf Grund ihrer Körperstatur sofort aus.

Angelika auch.

Sie war ein junges zartes Persönchen und hatte viel von ihrer Mutter.

Bauer *Friederich* konnte es durchaus gewesen sein, obwohl er von seiner einstmals kernigen Figur auch schon stark nachgelassen hatte.

Dann war da noch der große Unbekannte.

War es vielleicht *Herrmännchen* von *Mühlenhof,* er hatte auch eine stattliche Figur und durchaus Grund dazu Eifersüchtig zu sein.

Er war mit *Angelika* zum Fest gefahren, dann aber auf Grund von Trunkenheit eingeschlafen und erst nachdem er sie mit einem Mann aus dem Zelt wanken sah wutentbrannt in sein Wagen gesprungen und weggefahren. So war es der Polizei zugetragen worden

Das Ehepaar *Dänemann* gab sich gegenseitig ein Alibi und das war nicht so leicht zu knacken.

Dann waren da noch die Nachbarn *Drösings.*

Der Alte wohl weniger.

Wie die Leute im Dorf so erzählten hatte er mit seiner

Frau genug zu tun, um ihren Schornstein zu fegen aber der Sohn, er war auch auf dem Fest gewesen hatte einige Male mit *Angelika* getanzt und sie sollen, wie so hinter vorgehaltener Hand erzählt wurde in ganz jungen Jahren schon etwas miteinander gehabt haben.

Die Eltern verneinten, dass sie davon etws gewusst haben, dass *Friederich* öfter nachts zu Besuch bei *Angelika* war. Ihre Fenster lagen zur anderen Seite des Hauses, das konnten sie unmöglich hören.

Wer war der große Unbekannte?

Wie sich herausstellte war *Friederich* Nichtraucher.

In *Dänemanns* Haus rauchte auch keiner.

Das Feuerzeug kannte von ihnen auch keiner.

Die Polizei machte ein Foto von dem Flammenspender und setzte das Bild in die Zeitung.

Es gab viele Anrufer, die so ein Feuerzeug kannten oder bei anderen Personen gesehen hatten. Das machte die Suche nach dem Täter auch nicht leichter.

Der Gastwirt im Dorf kannte, wie er sagte mindestens drei Personen deren Feuerzeug so ähnlich aussah und er schon auf seiner Theke liegen gesehen hatte.

Der Bürgermeister meldete sich, er hatte auch so ein Feuerzeug und trug es in seiner Uhrentasche an der

Weste.

Beim Dorfschmied lag es in der Kiste mit den Anzündeutensilien für seine Esse.

Alle hatten ein einwandfreies Alibi für den Mordzeitraum.

Horst vom Dorfladen gab zu Protokoll, dass er vor circa einem Jahr ein Päckchen mit fünfzig Feuerzeuge aus dem Großhandel erworben hat und sie nach und nach an seine rauchenden Kunden verkaufte.

Selbst der Pastor zündete sich mit so einem Gerät die Pfeife an.

Einige ältere Jungs aus der letzten Klasse trugen so einen Anzünder in ihrem Ranzen.

Die Polizei stellte fest, dass sie hier nicht weiterkommen, da es auf dem gefundenen Gegenstand auch keine Fingerabdrücke gab, die waren durch die Kuhscheiße verwischt.

Trotzdem beschlossen sie alle Personen, die so ein Feuerzeug besaßen ins Gemeindebüro einzuladen, um sie noch einmal zu befragen und persönlich kennenzulernen. Falls sie eine Lederjacke besäßen, sollten sie die zu diesem Termin anziehen.

Der Leiter der Mordkommission *Willy Rahnke* führte die Befragungen der dreizehn Personen, die erschienen waren persönlich durch.

Es waren zwölf Männer und die Frau vom Gastwirt, die angab sich auch öfter mit so einem Gerät eine Zigarette angezündet zu haben meist aber mit den Feuerzeugen die auf der Theke oder an den Tischen liegengeblieben waren.

Drei von den erschienenen Männern sagten, dass sie zwar so ein Feuerzeug besessen hatten, aber es irgendwo verloren oder verlegt worden war.

Vier Männer hatten ihre Lederjacken an, sie wurden gebeten, die Jacken zur Untersuchung abzugeben.

Rahnke stellte fest, dass keiner für die mögliche Tatzeit ein wasserdichtes Alibi hatte.

Sie sagten zwar aus, dass ihre Frau oder andere Personen, die mit im Haushalt lebten das bezeugen könnten und auch würden aber, was heißt das schon, wer haut schon seinen Sohn, Ehemann, Schwiegersohn oder andere Personen aus der Familie in die Pfanne? und überhaupt, dachte *Rahnke,* muss es unbedingt ein Mann gewesen sein, der diese Tat begangen hat?

Der Schuster und zwei seiner Nachbarn hatten bis spät in der Nacht noch Skat gespielt und da lag auch so ein Feuerzeug auf den Tisch, wie die Wirtin im Nachhinein noch bei *Rahnke* angab aber die waren alle Drei so blau gewesen, da konnte keiner mehr einer Fliege etwas zu Leide tun, als sie nach Hause stolperten.

 Horst vom Laden wunderte sich, dass *Drösings Heinrich jun.* seine Lederjacke nicht anhatte.

Die war ziemlich neu und er hatte in der ersten Zeit mächtig damit angegeben. Dazu prahlte er noch damit, dass er mit dem Outfit jedes Mädchen aus dem Dorf und auch andere haben könne. Das sagte er aber nichts zur Polizei.

Drösings waren gute Kunden und da wollte er kein Gerücht in das Dorf streuen und sie eventuell zu verlieren, zumal der Junior auch Nichtraucher war,

Am nächsten Tag erschien *Sophie* auf der Polizeiwache. Sie war ganz in schwarz gekleidet und alle Blicke im Raum schauten zu ihr. Sie sah sehr fesch aus.

In ihrer Hand hielt sie ein kleines Büchlein, indem hatte sie aufgelistet, wer sie zu der Zeit als sie in dem kleinen Dorf lebte zu nächtlicher Stunde besucht und ihre Gunst genossen hatte.

Genau war darin aufgelistet, wer wann und zu welcher Zeit bei ihr war und wie er sie entlohnt hatte.

Auf Befragen gab sie an, dass sie bewusst ihre Verehrer aufgeschrieben hat, fall es ihr einmal schlechter geht und sie daraus Kapital kriegen könnte. Das hatte sich in den Jahren aber nicht ergeben.

„Sie wollten sie erpressen?" fragte *Rahnke* nach: *„Nein, Herr Wachmeister, nur vielleicht an die schönen gemeinsamen Stunden erinnern."*

Er nahm diese Aussage zur Kenntnis und das kleine Büchlein an sich und legte es zu den Asservaten. Die Geschichte war eh verjährt.

Als damals Bauer *Friederich* die Vaterschaft ihres Sohnes anerkennen musste, der damit für lange Zeit versorgt war, schaute *Sophie* sich in ihrem kleinen Dorf am Berge auch schon mal nach anderen Männer um.

Ihr *Herrmann* schwächelte doch beträchtlich im Bett, er war ja auch viele Jahre älter als sie und ihr Körper verlangte einfach nach mehr Mann.

So kamen, wenn *Herrmann* auf dem Felde war oder nach der Tageschau, einen Fernseher hatte sie ihn gleich nach ihrem Einzug bei ihm anschaffen lassen, legte er sich meistens gleich ins Bett, abwechselnde männliche Personen zu ihr.

Später, als *Friederich* im Ort noch zur Schule ging, oft auch am Vormittag und sie genossen ihre Günste.

So ergab es sich in *Baumhütten*, dass ein großer, reicher Bauer, der sie auch öfter besuchte, seine Frau durch einen Unfall verlor und *Sophie* meinte, es wäre die Zeit gekommen ihren *Herrmann* zu verlassen.

Nach einigen Testnächten oder auch Vormittagen, je nachdem wie es passte, machte er ihr den Hof.

Sie beschlossen *Herrmann* den Vorschlag zu machen, dass er ins Altersheim ging.

Karl Kleiner, so war der Name des Bauern, der nur *KK* gerufen wurde, würde die Kosten übernehmen.

Den kleinen Hof von Hermann würde er auch mit bewirtschaften und die Erlöse ihm aufs Konto überweisen.

Was Besseres kann mir doch gar nicht passieren, dachte *Herrmann und* willigte, nach außen zähneknirschend, mit den paar restlichen, die er noch in seinem Mund hatte ein, dies aber erst nach weiteren sowie nach langem Geziere und nachdem er noch ein Handgeld von 500 Mark im Monat versprochen bekam.

Dreiunddreißig Jahre hat er noch gelebt und ist dem *KK* ziemlich teuer gekommen.

Jetzt war *Sophie* richtige Bäuerin. Das war immer ihr Ziel gewesen.

Es hatte sie viele Liebesnächte gekostet, bis sie den

Richtigen ins Bett gekriegt hat.

KK erkannte *Friederich* als seinen Sohn an und machte ihn zu seinem Hoferben, damit waren auch Sophies Aufzeichnungen in ihrem kleinen Büchlein unwichtig geworden.

Nun, wo ihr Sohn tot war, war das anders. Jetzt sollten alle wissen, wer bei ihr gewesen war, um damit den möglichen Mörder zu entlarven.

Sie konnte aber keinen aus dem Dorf verdächtigen

Nicht umsonst hatte sie damals aber unterschreiben müssen in den nächsten zwanzig Jahren nicht ins Dorf zurückzukehren, bevor ihr die 500 Mark in Hand gedrückt wurden.

Wenn sie die Abmachung einhält sollte sie weitere 1000 Mark erhalten. Dazu war es nie gekommen.

Viele ihrer damaligen Verehrer lebten schon gar nicht mehr und sie hatte auch nicht mehr daran gedacht, aber vielleicht könnte sie *Friederich* vom *Gerbershof* ja mal darauf aufmerksam machen.

Der ist vielleicht in dieser Zeit bereit seinen Geldbeutel aufzumachen, dachte sie im Stillen bei sich.

Nur das musste sie zügig anpacken, wenn erst die Traurigkeit vorbei ist, ist die Kasse bei dem wieder geschlossen

Die 500 Mark hatte ihr damals ihr Bauer gebracht, der saß heute nach einem Unfall im Rollstuhl und war schon Witwer, wie sie erfahren hatte.

Er war beim Heueinfahren aus der Scheunenluke gefallen und konnte seitdem nicht mehr laufen.

Vielleicht hat ihn ja auch eine neue Magd heruntergeworfen, dachte sie und konnte trotzt aller Trauer schmunzeln als sie davon hörte.

Grün und *Rahnke* verglichen die Aussagen der Personen mit Feuerzeug und oder auch Lederjacke mit den Namen in *Sophies* Büchlein.

Die mit Lederjacke gekommen waren, hatten nicht die Größe, gemessen an der Schürfstelle der Kuhstallswand und rauchten nicht.

Der einzigen Raucher mit Lederjacke war die Frau vom Gastwirt.

Die antwortete auf Befragen an einem der nächsten Tage, dass sie in jungen Jahren mit *Sophie* befreundet war und sie auch einige Male gemeinsam Herrenbesuch in *Sophies* Kammer gehabt hätten. Dabei hatte sie auch ihren Mann kennengelernt: *„Aber das ist ja schon so lange her"*, meinte sie abschließend.

Es gab keine heiße Spur. Irgendwie deckten sich alle.

Polizeihauptmeister *Grün* erinnerte sich dann, dass er bei der ersten Besichtigung des Tatortes die schwache Spur eines Handabdrucks an der unteren Wand des Futtertroges meinte gesehen zu haben.

Da hatte wohl einer in die Kuhscheiße gegriffen und dann versucht sich an dem Trog hochzuziehen.

Sie untersuchten die Stelle noch einmal und fanden auch einen ganz schwachen Abdruck, den ließen sie mit einer Säge aus dem Trog herausschneiden, um ihn in einem kriminaltechnischen Labor untersuchen zu lassen.

Eine gewisse Ähnlichkeit mit dem Handabdruck des Toten war zwar vorhanden aber hundertprozentig zuordnen konnte man ihn nicht, weil er sehr verwischt war und auch die Kühe wohl schon mit ihrer Zunge daran geleckt hatten.

Es sollte eine große Beerdigung werden in *Baumhütten*.

Der Ort selbst hatte nur rund dreihundert Seelen, aber eine schöne Kapelle auf dem kleinen Friedhof am Berge. Manche Grabumrandungen hatten durch die Steillage einen Höhenunterschied bis zu einem Meter.

Den „*Bewohnern*" des Friedhofs schien das aber egal zu sein.

Es hat sich noch keiner beschwert wurde oft gelästert, wenn das Gespräch auf eine Verlegung des Friedhofes in ein ebeneres Gelände diskutiert wurde.

Die Kirche war voll. *Friederich* und *Helma* waren auch gekommen.

Angelika war immer noch im Krankenhaus, aber wie der Arzt ihnen gesagt hatte: *Auf dem Wege der Besserung und könnte wohl zum Wochenende wieder bei ihnen sein.*

Es war eine bewegende Trauerfeier. *Friederich* oder *Fritze*, wie er gerufen wurde, war sehr beliebt im Dorf gewesen.

Er half allen Nachbarn, wenn er gerufen wurde in der Ernte oder beim Obstpflücken und manche Eltern mit einer Tochter konnten sich ihn als Schwiegersohn vorstellen.

Der Pfarrer hielt eine rührende Trauerrede.

Nicht wenige Trauergäste, hatten keine Tränen in den Augen.

Viele schluchzten ungehemmt in ihre Taschentücher.

Die Kameraden von der Feuerwehr in Uniform trugen den

Sarg bis zum Grab, der nach dem Segen des Pastors langsam in die Erde versenkt wurde.

Unzählige Blumen und Kränze wurden darauf niedergelegt, bevor sich der Trauermarsch zur einzigen Dorfkneipe aufmachte, um den Leichenschmaus zu genießen. *Sophie* und *KK* hatten alle eingeladen.

Unbemerkt observierten einige Polizisten in Zivil das Gelände.

Es war ihnen nichts besonders aufgefallen, nur etwas abseits der Trauergesellschaft am Grabe, stand eine junge Person, die sich als alle anderen aufbrachen auf sein Moped schwank und nach kurzer Zeit auf dem abschüssigen Weg am Horizont entschwand.

Einer der Beamten konnte noch einige Zahlen und Buchstaben seines Nummernschildes erkennen und machte sich Notizen.

Man wollte diese Notizen an die Versicherungen weitergeben, um den Halter zu ermitteln.

Rahnke hatte, nachdem ihm ein Informant gesteckt hatte, dass der junge *Drösing* auch eine Lederjacke hat, sie aber bei der Vorstellung nicht trug, sich dieselbe bringen lassen, nicht ohne den Junior gehörig den Marsch zu blasen, weil er bei der ersten Befragung ohne sie erschienen war.

Er hätte das nicht gewusst war seine Ausrede und entschuldigte sich.

Als *Rahnke* dann den Informanten noch einmal kommen ließ und ihm die Jacke zeigte, stutzte der nach einigem Betrachten:

„Das ist die nicht. Die ist neu. Bei der Jacke, die er sonst immer trägt fehlt oben eine Schulterklappe. Diese hat gar keine."

„Grün, sagte *Rahnke*, das ist ein Grund den *Drösings* einen Besuch abzustatten." Sie schwangen sich in ihren Dienstwagen und sausten los.

Die alte Frau *Drösing* öffnete die Tür.

Nach ihrer Bitte ihren Sohn *Heinrich* einmal zu sprechen, zuckte sie zusammen:

"Ist was mit ihm? Hat er was verbrochen? Ist er wieder besoffen Moped gefahren?

„Liebe Frau beruhigen sie sich, wir müssen nur etwas mit ihm abklären. Hat er ein Moped und können wir das einmal sehen? , stoppte Rahnke den Redeschwall der Frau, bevor sie noch mehr ausplauderte, das nichts mit ihrem Fall zu tun hatte.

Sie notierten sich das Nummernschild des Mopeds und

gingen dann mit der Frau in die gute Stube, wo nach einem kurzen Augenblick auch *Heinrich* erschien.

„Herr Drösing, wie wir erfahren haben, haben sie uns eine andere Jacke vorgeführt als die, die sie besitzen" eröffnete *Rahnke* nach kurzer Zeit das Gespräch.

„Nein ich habe keine andere Jacke" antwortete er.

„Junge, sagte seine Mutter, du hast doch noch eine andere Jacke, die war doch auf der Schulter kaputt."

Nach einigem Zögern gestand er dann mehr seiner Mutter als den beiden Beamten, dass er die besagte Jacke verloren hatte oder sie ihm geklaut worden war und er zeigte Allen im Raum den Kaufbeleg der neuen Jacke, der weit vor dem Mord datiert war.

Als Grund für sein Verschweigen dieses Kaufes zu seiner Mutter war, dass er die Jacke verdreckt hatte und sie an einer Seite aufgerissen war und sie das nicht wissen sollte, weil sie doch sehr zum Geiz neigt und alle kaputten Klamotten von ihm so lange stopfte und Flicken darauf anbringt, bis es wirklich Lumpen waren und er sich mit solch einem Dress draußen nicht mehr sehen lassen mochte.

Das Geld für den Kauf hatte ihn heimlich sein Opa zugesteckt, der Verständnis für seine Sorgen hat.

Er war ja auch einmal jung gewesen und von seiner Mutter auch immer kurzgehalten worden.

„Was *hatte ihr Sohn denn zum Fest angehabt*", fragte Grün seine Mutter.

„*Was haste angehabt?*", fuhr sie ihn von der Seite an, weil sie sich daran nicht mehr erinnern konnte.

„*Mutter, du hast mir doch die schwarze Manchesterhose aus dem Schrank geholt und das gelbe Hemd.*"

„*Stimmt, das Hemd habe ich Montag waschen müssen, das war vollgekotzt.*"

„*Kannten sie den Friederich gut?*", hob Rahnke wieder an.

„*Was heißt gut?*", „*ich kannte ihn wie alle ihn hier kannten. Wir haben öfter an der Theke einen getrunken mehr war da nicht.*

Er kam ja aus Baumhütten glaube ich und war wohl bei der Feuerwehr. Ich meine, dass er auf unserem Feuerwerfest auch hier war, hat öfter mit Gerbers Angelika getanzt."

„*Wer ist denn Gerbers Angelika?*", fragte *Rahnke* schon ziemlich erbost.

„*Das ist die Tochter von Friederich Dänemann*", klärte Grün seinen Kollegen auf. „*Auf dem Dorf haben die meisten zwei Namen. Ihren Geburtsnamen und den Hofnamen und der Hofname ist Gerbers, so einfach ist das!*"

„*Wie ist denn ihr Hofname?*", wollte Rahnke wissen.

„*Wir sind Büsingshof*", rief seine Mutter dazwischen, „*der Name kommt von meiner Seite!*"

Sie drehte sich um und verließ hocherhobene Hauptes das Wohnzimmer. Was das auch immer heißen sollte.

Die beiden Polizisten schüttelten den Kopf und verabschiedeten sich mit der Erkenntnis, dass sie keinen Schritt weitergekommen waren.

Dem *Heinrich* fiel ein großer Stein vom Herzen. In Wirklichkeit hatte er seine Jacke, die er normaler Weise nur Alltags trug, in der Jauchegrube versenkt, da er nicht in die Mordermittlungen verwickelt werden wollte und hoffte nur, dass beim Auspumpen der Jauche die Jacke nicht vor das Saugrohr gesogen wird.

Er hatte ja auch versucht an diesem frühen Morgen in *Angelika* Fenster zu kommen. War leider besetzt gewesen.

Erst wollte er es später noch einmal probieren, war dann aber Müde geworden und hatte sich in *Gerbers* Scheune aufs Stroh gelegt.

Von dem was da passiert sein soll hatte er nichts mitbekommen, er wusste es aber nicht genau. Irgendwo war er wohl auch noch gestürzt. Seine rechte Schulter schmerzte ihn heute noch und sein linkes Knie war aufgeschlagen.

Darüber hinaus war er auch sauer auf *Angelika* wegen ihrer vielen Herrenbesuche.

Da sein Fenster genau ihrem, zwar in rund hundert Metern Abstand, gegenüberlag, bekam er oft mit, wann sie Besuch empfing.

Meist kam am Samstag einer mit Moped und am Mittwoch kam einer zu Fuß, der hatte sein Auto immer vorm Dorf abgestellt.

Das war *Fritze* gewesen, den hatte er schon erkannt.

Dann war da noch ein anderer Verehrer, der kam montags zu Fuß durch den Garten an ihr Fenster und begehrte Einlass, welcher ihm oft auch gewährt wurde.

Er humpelte leicht, wie er meinte gesehen zu haben.

Er selbst versuchte es öfter am Freitag und erfreute sich manchmal auch *Angelikas* Liebesdienste.

Von ihrem Zusammensein sollte keiner etwas erfahren hatten beide abgesprochen, weil ihre Eltern sich spinnefeind waren. Irgendwie waren die Beiden aber dicke Kumpels.

Friederich und *Helma* waren sehr erschüttert als sie

erfuhren wie oft ihre Tochter besucht wurde. Scheinbar wussten alle im Dorf Bescheid, nur sie nicht.

Angelika sollte jetzt zum Wochenende aus dem Krankenhaus entlassen, aber sofort zu einer REHA-Klinik gefahren werden, darum hatte sie ihre Eltern gebeten Ihren Koffer zu packen und ihn zum Krankenhaus zu bringen.

Ins Dorf wollte sie erst zurück, wenn sie wieder fit ist, hatte sie zu ihren Eltern gesagt, damit sie den hämischen Reden und Gesten der neugierigen Nachbarn Paroli bieten kann.

„Das ist auch richtig so", hatte *Helma* ihr geraten. Für sie war wichtig, dass ihre Tochter noch am Leben war, alles andere würde sich wieder hinbiegen und die Ereignisse nach einiger Zeit in Vergessenheit geraten. Wie immer, wenn in so einem kleinen Dorf etwas passiert.

Zur Sonderkommission *„Kuhstall"* war inzwischen auch durchgedrungen, dass mehrere Personen in der Woche *Angelika* besucht hatten.

Fritze war wohl samstags immer mit dem Moped gekommen, dann fuhr ein andere wohl seinen Wagen. Samstags kam er mit dem VW, den er vorm Dorf stehen ließ und zu Fuß zum Fenster ging.

An diesem Tag sollen auch noch einige andere Männer öfter hinter ihrem Fenster gesehen worden sein.

Dazu wollten die Polizisten *Angelika, zwar mit der gebotenen Vorsicht aber* einmal richtig in die Mangel nehmen.

Die Ärzte im Krankenhaus hatten ihnen zugesagt, dass sie Frl. *Dänemann*, vor ihrer Verlegung in die REHA-Klinik besuchen und befragen dürfen, da ihr Gesundheitszustand dies jetzt zuließ

Als sie dann eines Tages *Angelika* am Tag vor ihrer Entlassung aufsuchten, war sie nicht auf ihrem Zimmer.

Ihre Bettnachbarin sagte, dass sie ihren Trainingsanzug angezogen hat, um draußen etwas spazieren zu gehen und anschließend noch zum EKG müsse.

Die beiden warteten ungeduldig.

Es war kurz vor der Mittagessenausgabe

Zum Essen musste sie ja zurück sein.

Sie tauchte aber nicht auf.

Die Stationsschwester veranlasste eine Abfrage, durch die sich herausstellte, dass sie auch nicht zum EKG erschienen sei.

Mit der Bitte sie sofort zu informieren, wenn *die Patientin* wieder auf ihrem Zimmer ist, verließen die beiden Polizisten, die immer im Krankenhaus in Zivil erschienen, das Haus und fuhren zu ihrem nächsten Termin nach *Baumhütten,* sie hatten sich mit *Sophie* verabredet und wollten etwas über die Fahrzeuge ihres verstorbenen Sohnes wissen.

Er fuhr den VW erklärte sie. Den hätte sie und Ihr Mann jetzt zum Hof zurückgeholt und der steht in der Garage.

Ein Moped hat *Friederich* nie gehabt, erklärte ihr Mann *KK,* der dazu gekommen war.

Zur Schule und zur Uni war er immer mit dem Bus gefahren. Der hält hier vor ihrer der Tür und auch von der Haltestelle in der Stadt bis zur Uni waren es nur ein paar Schritte.

Da er sich das Geld für den Sprit zum Betrieb des Autos selbst erarbeiten musste, nahm er lieber den Bus, das war billiger und er hatte auch keine Parkprobleme.

Rahnke beauftragte sofort die Spurensicherung, den VW einmal genau unter die Lupe zu nehmen.

In Ihrem Büro zurück wurde ihnen auf Nachfrage gesagt, dass für sie noch kein Anruf vom Krankenhaus gekommen sei.

Wer war die Person mit dem Moped und war der mit dem VW wirklich *Fritz* gewesen oder waren es verschiedene Personen?

Da fiel ihnen plötzlich ein, dass auf seiner Beerdigung auch eine Person mit dem Moped den Friedhof vor allen anderen Leuten verlassen hatte. Das war doch seltsam und sie beschlossen das Ergebnis der Versicherungsbefragung abzuwarten.

Hatte *Heinrich* ihnen vielleicht einen Bären aufgebunden und den Humpelfuß nur erfunden?

Wenn es ihn tatsächlich gibt, wer war er?

Im Dorf gab es keinen mit einer Behinderung am Fuß, das hatte sie schon abgeklärt.

„Ruf mal im Krankenhaus an, ob die Prinzessin schon wieder in ihrem Zimmer ist", befahl *Rahnke Grün*.

Der Anruf in der Klinik ergab, dass *Angelika* nicht auf ihr Zimmer zurückgekehrt war und inzwischen das Krankenhaus abgesucht wurde.

Bei ihren Eltern war sie auch noch nicht aufgetaucht, wie die bei einem Anruf erklärten.

Nachdem die Suche im Krankenhaus erfolglos verlaufen war, wurde Großalarm gegeben und das Gelände weitläufig von der inzwischen alarmierten Bereitschaftspolizei abgesucht.

Alle waren in heller Aufregung.

Die Eltern machten dem Personal der Klinik schwere

Vorwürfe, dass sie ihr Kind nicht ordentlich beaufsichtigt hatten.

Die Ärzte gaben diese Anschuldigungen an die Schwestern weiter aber es nutze alles nichts, sie blieb verschwunden.

Die Spurensicherung melde, dass im VW keine Spuren von Fremden gefunden wurden.

Fritz hat ja selten Fremde mitgenommen, meinte seine Mutter als sie davon erfuhr.

Einige Tage später wurde in einem rund zehn Kilometer entfernten Weiher eine Leiche angeschwemmt. Bei der Obduktion stellte sich heraus, dass an der Unterwäsche neben Sperma auch Wäschemarken von der Firma geklebt waren, die die Wäsche der Klinik reinig und auch Patienten ihre Wäsche dort zur Reinigung abgeben können.

Als die Sonderkommission davon erfuhr, stand für sie fest, dass es hier einen Zusammenhang geben muss.

Doch, wie kommt das Mädchen, wenn sie es denn ist, zu diesem Weiher, der ziemlich weit vom Krankenhause entfernt liegt.

Am nächsten Tag holten sie *Friedrich* zur Inaugenscheinnahme des Leichnams ab.

In Begleitung von *Rahnke,* identifizierte der den Köper klar als den seiner Tochter *Angelika,* dann brach er zusammen und musste notärztlich versorgt werden.

Helma war erst gar nicht mitgekommen und hatte sich vor Angst in Ihr Bett vergraben.

Als Todesursache wurde Tod durch Ertrinken nach Gewaltanwendung festgestellt.

Im Nackenbereich der Leiche waren deutliche Spuren zu erkennen, dass der Kopf mit großem Druck unter Wasser gedrückt worden sein musste, ähnlich wie bei dem Kuhstalltoten, nur der war an Kuhscheiße erstickt.

Sofort wurden diese Werte der Sonderkommission „*Kuhstall"* mitgeteilt, die bis weit in die Nacht die Alibis der schon bekannten Protagonisten aus dem Dorf überprüfte. Sie waren alle wasserdicht.

Von denen konnte es keiner gewesen sein.

Kriminaloberkommissar *Hanselmann* übernahm ab sofort die Leitung der Sonderkommission.

Rahnke und Grün wurde dort integriert und bearbeiteten weiter den Tod *Dänemann.*

Sie waren Beide der Meinung, dass der Schlüssel der Lösung in diesem Fall bei dem Unbekannten Mopedfahrer liegen musste oder bei dem humpelnden

Montagsbesucher, den Drösing Junior ins Spiel gebracht hatte.

Nach einigen Tagen kam dann eine Antwort von einen landwirtschaftlichen Versicherung, dass so ein Moped auf den Namen *Helmut Dorfschläger,* wohnhaft in *Wundigen in der Emsstrasse 16* versichert war. Es war aber seit einigen Wochen abgemeldet.

Hanselmann beauftragte *Rahnke Dorfschläger* aufzusuchen und zu überprüfen.

Das Haus, ein ehemaliger Bauernhof liegt in der Nähe eines Bahnübergangs der unmittelbar an den Bahnhof dieses mittelgroßen Ortes angrenzt.

Es ist die eingleisige Strecke, die von der Kreisstadt *Röllern* nach *Harre* führt.

Auf das Klingeln öffnet eine Frau mittleren Alters.

Nachdem die Polizisten sich ausgewiesen und den Grund ihres Besuches genannt hatten und darum baten Herrn *Dorfschläger Junior* zu sprechen, holt die Frau zunächst ihren Mann, der die Polizisten dann ins Wohnzimmer bat.

Sie brachten das Gespräch auf das Moped.

Er ist ganz erstaunt und meint, dass sein Sohn das Moped schon lange abgemeldet hat und dass es in der großen Garage steht.

Seine Frau unterbricht und berichtigt, dass *Willy, so hieß ihr Sohn mit Vornahmen* es vor einiger Zeit wieder angemeldet hat, damit er im Sommer bei schönem Wetter damit zur Uni fahren kann.

Er ist aber im Moment nicht da und kommt erst in zwei Stunden, führte sie weiter aus..

Die Beamten schauen sich das Moped an. Fotografieren es und nahmen Proben vom Dreck aus den Reifenprofilen und Abdrücke der Bedienungsinstrumente, wie Gashebel und Handbremse.

Sie verließen den Hof mit dem Hinweis, dass sie sich alsbald wieder bei ihnen melden.

Nach einer kurzen Erkundungsfahrt durch den Ort, stellten sie sich auf den Parkplatz des Bahnhofs. Von hier aus konnten sie sowohl aussteigende Personen als auch den Bauernhof sehen.

Gegen fünfzehn Uhr nähert sich ein Zug der mit quietschenden Bremsen zum Stehen kommt.

Neben einigen erwachsenen Personen quillt aus ihm eine Schar Schulkinder, die lärmend bald in alle Himmelsrichtungen auseinanderlaufen und wohl ihrem Elternhaus zu streben., darunter sind auch ältere Schüler.

Ein schlaksiger, großgewachsener Bengel schlägt den Weg

zu *Dorfschlägers* Bauernhof ein, schließt die Haustür auf und verschwindet aus ihrem Blickbereich.

Es war zu viel gewesen für *Gerbers Friederich*.
Mit weit offenen Augen starrte er unter die Decke des Krankenzimmers, in das sie ihn nach seinem Zusammenbruch gebracht hatten.
Beim Anblick der Wasserleiche hatte er ohne Zweifel erkannt, dass es seine Tochter *Angelika war*, die dort nackt vor ihm lag.
Ihre Augen waren noch groß geöffnet und es sah aus, als ob sie in den Himmel starrte.
Ihr einstmals immer schlankes, gerötetes Gesicht war bleich und aufgedunsen.
In ihrem blonden Haar hatten sich einige Reste von Schlamm des Teiches verfangen und um ihren Hals war ein rötlich, dunkelblauer Abdruck zu erkennen gewesen.
Man hatte ihn mit Medikamenten ruhiggestellt, trotzdem waren seine Gedanken bei seiner Tochter, bei seiner Frau, die zu Haus ja noch nichts von dem Tod *Angelikas* ahnte.
Wie würde sie das auffassen?
Sie war zwar nur ein zartes Persönchen, hatte aber oft in schlimmen Situationen ihre Frau gestanden und Haltung

bewiesen.

Das war auch bei der Beerdigung von *Fritze* so gewesen, wo er selbst auch ziemlich daneben hing, aber der Tod ihrer Tochter, das würde sie umhauen.

Er wollte versuchen den Arzt zu bitten, ihn sofort wieder zu entlassen, um die traurige Nachricht seiner Frau selbst zu überbringen und dabei ihre Hand zu halten.

Er bat auch darum ihren Pastor zu bitten in diesem Moment dabei zu sein.

Was sollte mit dem Hof werden?

Sicher könnte sie Beide ihn noch ein paar Jahre bewirtschaften aber für wen?

Es gab keine Erben mehr und für die buckelige Verwandtschaft, dass die nachher da hinterher putzten, nein, nein und nochmals nein.

Er konnte sich schon vorstellen, wie ihre Nachbarn darauf warten, seine Ländereien günstig zu übernehmen. Nein, und nochmals nein. Bei aller Traurigkeit, den Hof bekommt keiner *„fürn Appel und nen Ei"*.

Er sah sie schon wie eine Löwenmeute um eine gerissene Antilope lauern, darauf wartend, dass der alte Löwe den Schwanz einkneift und die Beute freigibt.

Wenn er es in seinem Leben auch noch nie machen

musste, jetzt musste er zeigen, dass er Knochen im Schnurrbart besitzt.

Nach einer weiteren kurzen Überlegung stand er auf, zog seine Schuhe wieder an, ging zum Ärztezimmer und meldete sich ab.

Bevor die diensthabende Schwester auch noch einen Arzt rufen konnte, hatte er schon das Krankenhaus verlassen, setzte sich nach kurzem Suchen in seinen Wagen und fuhr nach Haus.

In der Dorfmitte und vor *Horst* seinem Laden standen kleine Gruppen von Menschen und diskutierten.

Als er langsam zu seinem Hof fuhr, nickten sie ihm mit traurigem Gesicht ehrerbieten zu.

Nicht alle die ihn grüßten, meinten es ehrlich.

Er konnte aber daraus schließen, dass die schlimme Botschaft vom Tod seiner Tochter schon im Ort bekannt war und sich herumgesprochen hat.

Helma saß mit tränenleeren Augen in der guten Stube auf dem Sofa und starrte an die Wand.

Er setzte sich wortlos daneben und umarmte sie. Erst nach vielen Minuten waren sie in der Lage miteinander zu sprechen ohne richtig zu begreifen, wie es nun weitergehen soll.

Eine Stunde später war auch der Pastor da.

Nachdem er kondoliert hatte und seine trostreichen Worte sie aus ihrer Traurigkeit geweckt hatten, besprachen sie die Beerdigung.

Der Zeitpunkt konnte noch nicht bestimmt werden, zuerst musste die Leiche ihrer Tochter freigegeben werden.

Am nächsten Tag erschienen die Nachbarn und bekundeten ihr Beileid.

Sie gaben sich fast die Türklinke in die Hand.

Gegen Nachmittag wurde es *Helma* zu viel:

„*Es* reicht *jetzt. Ich kann nicht mehr. Mache die Tür nicht mehr auf* ", rief sie ihrem Mann zu.

„*Immer wieder die gleichen Worte. Merkt denn keiner, dass wir bald am Ende sind. Mach ein Schild an die Tür, wir wollen nicht mehr gestört werden.*"

„*Nein Helma,* sagte *Friederich. Zieh dich an, wir fahren jetzt ein paar Stunden in die Natur, um einen klaren Kopf zu bekommen.*"

Es war eine große Beerdigungsfeier. Die Friedhofskapelle quoll von Menschen über. Selbst draußen vor der geöffneten Tür standen sie und lauschten den salbungsvollen Worten ihres Dorfgeistlichen an diesem schönen Sommertag.

Die Kameraden der Feuerwehr trugen den Sarg bis ans Grab.

Herrmännchen hatte den Sarg auch mit zum Grab getragen. In seiner Feuerwehruniform sah er aus wie der Tod.

Groß und hager, mit einem fast weißlich, grauen Gesicht und dunkelblau umrandeten Augen starrte er auf den Sarg der Langsam im Grab versank.

Noch bevor der Geistliche das „*Vater unser*" gesprochen hatte, drehte er sich schnell um und verschwand in der Menge der Trauergäste.

Seine Kameraden schüttelten nur leise mit dem Kopf, als sie sein Verhalten bemerkten.

Alle waren sie gekommen und legten wieder einmal Kränze und Blumen auf das Grab eines jungen Menschen nieder, den sie einst gut gekannt hatten.

Angelika war sehr belieb gewesen. Nicht nur bei ihren Liebhabern, auch in der Schule, bei ihren Freundinnen, die sie aber auch manchmal beneideten ob des Reichtums ihrer Eltern als auch den Schlag, den sie bei den Männern hatte trotzdem wollte heute keine an ihrer Stelle sein.

Zum Leichenschmaus reichte der kleine Raum im Pfarrhaus nicht aus.

Sie hatten den großen Saal des Gastwirtes gemietet. Die Wirtin rieb sich im Stillen die Hände und dachte an das Geschäft.

„Wie soll es denn jetzt, wo ihr keinen Erben mehr habt weitergehen", oder so ähnlich wurden dem Ehepaar bei der Konsultation Fragen gestellt.

„Ihr Aasgeier, dachte *Helma, ihr kriegt unser Hof nicht."*

„Schade, dass aus unsern Herrmann und Angelika nichts mehr wird", flüsterte die *Mühlenhofersche* vornübergebeugt *Helma* ins Ohr.

Die drehte sich abrupt zu ihr hin und antwortete leise: *„Jetzt solltet ihr für Herrmann aber schnell eine Neue suchen, sonst ist er vom Alter übers Heiraten weg." „Ja Helma du hast recht. Kennst du nicht ne gute Partie?"*

Inzwischen hatte *Friederich* dem Gastwirt zugenickt. Der zauberte nach dem Kaffetrinken, bei dem es nicht nur Butterkuchen sondern auch Sahnetorte gab in Windeseile eine Flasche Wachholder hinter seinen Rücken hervor und schenke jedem Gast erst einmal einen ein.

Danach wurden die Gespräche lauter, nur ein paar fremde

Gesichter unter den Trauergästen lehnten das Angebot ab, es waren die Leute von *der Polizei*.

Genau wie auf der Beerdigung von *Fritze* waren auch auf dem Friedhof und hier im Saal ein paar Beamte postiert, die Auffälligkeiten zu notieren hatten.

„Schau dir den da hinten links am Tisch mal an, der war doch auch auf der Beerdigung von unserem Fritz", raunte *Sophie* ihrem *Karl* zu", die auch gekommen waren."

„Der ist von der Polizei und jetzt sei bitte ruhig!"

Friederich hatte sich erhoben und bedankte sich bei den Gästen und bat darum noch ein bisschen zu bleiben und ihn und *Helma* in ihrer Trauer heute nicht allein zu lassen, dann nickte er wieder dem Gastwirt zu und die bekannte Prozedur wiederholte sich.

Nachdem *Helma* den zweiten Kurzen heruntergeschluckt hatte, wandte sie sie wieder den *Mühlenhofern* zu.

„Da hätte ich vielleicht eine für euren Herrmann Lydia aber was ist mit hier? und sie rieb den Daumen und Ihren Zeigefinger an einander.

„Da werden wir uns schon einig, das ist doch Ehrensache Helma."

Bauern und Ehrensache, wie Feuer und Wasser wenn's ums Geld geht, dachte *Helma*.

Sie hatte zwar keine Braut für den *Mühlenhofs* Jungen, aber vielleicht läuft ihr ja mal eine übern Weg, dann konnte sie noch ein paar Mark Vermittlungsgebühren abstauben.

Allmählich wurde der Saal leerer und *Friederich* rechnete mit der Wirtin ab.

Da war unsere Hochzeit ja billiger dachte er, als sie ihm die Rechnung über die Theke reichte.

Na warte Fräulein, das hole ich mir wieder und er wusste auch schon wie.

Jedes Jahr mäste ich drei Schweine für die Gastwirtschaft, da kann ich ja auch mal an der Geldschraube drehen.

Zu Haus öffnete *Helma* sofort die Trauerbriefe und zählte das Geld. Nach Abzug der Rechnung vom Wirt war noch ein dickes Plus zu verzeichnen.

„Ja, aber da müssen wir ja auch noch den Sarg und den Pastor von bezahlen", warf *Friederich* ein als *Helma* ihm die Summe nannte. *„Dann sind wir gerade plus minus Null. Da ist nichts bei übrig."* *„Helma wir müssen sparen!"* *„Wofür denn Friederich, wofür."*

Grün und *Rahnke* hatten Ihren Dienstwagen an der Straße stehen lassen und gingen zur *Dorfschlägers* Haustür, die plötzlich aufgerissen wird und ein Junge herausstürmt, den sie hatten vorhin hereingehen sehen und quer über den Hof zu den Schuppen läuft, indem die Beiden vor ein paar Stunden das Moped überprüft Hatten. Schon hört man das Knattern des Motors und mit einem eleganten Bogen kommt *Willy*, wenn er denn ist, sie kannten ihn ja nur aus einer gehörigen Entfernung, mit der Karre und fährt Richtung Hoftor.

Grün springt geistesgegenwärtig mit ausgebreiteten Armen in das Hoftor. Der Mopedfahrer macht einen großen Bogen und entschwindet hinter dem Stall in einen Feldweg und aus den Augen der beiden Polizisten.

„So ein Aas", murmelt *Rahnke* und rennt zum Dienstwagen und will Großalarm geben.

Dann, nach einer Sekunde des Nachdenkens fällt ihm ein, dass sie sich ja gar nicht in ihrem Revier aufhalten und ihren Besuch auch nicht in der hiesigen Polizeiwache angemeldet haben, wenn es denn hier eine gibt.

Er ruft *Hanselmann* an gibt ihre Position durch und schildert das gerade Erlebte.

Der schüttelt nur mit dem Kopf und verspricht mit dem örtlichen Kollegen Kontakt aufzunehmen und befiehlt ihm aber am Telefon zu bleiben damit er ihm gleich sagen kann was er veranlasst hat, *Rahnke* schickt *Grün* zu den Eltern des Jungen, er nimmt an, dass sie es auch sind, um zu fragen warum eine männliche Person so eilig den Hof verlassen hat und ob das überhaupt ihr Sohn ist.

Grün klingelt an der Tür und als *Helmut* Senior erscheint, bittet er ihn doch einmal zu erklären, warum der Junge so fluchtartig den Hof verlassen hat.

Er weiß es auch nicht, als er seinen Sohn gesagt hat, also doch der Sohn dachte Grün, das gleich zwei Polizeibeamte kommen, um mit ihm zu sprechen, sei er aufgesprungen und hätte beim Verlassen der Küche gerufen, er müsse ganz dringend zu seinem Freund und noch einige Unterlagen für die Klausur am morgigen Tag holen, dann sei er zur Tür hinaus.

„Wo wohnt denn der Freund von ihrem Sohn?", „das weiß ich nicht, der hat viele Freunde." „Haben sie vielleicht ein Bild von ihrem Sohn"; frage er dann an die Mutter gewandt, die inzwischen auch in der Haustür stand.

Sie schlürfte zurück und hatte zwei Bilder in ihrer Hand. Eins zeigte ihren Sohn mit der Schultüte und eins bei der Konfirmation im schicken, schwarzen Konfirmationsanzug.

„Haben sie keine aktuelleren Bilder?" „Nein, so oft lassen wir uns hier nicht fotografieren." Das stimmte zwar nicht, aber warum sollte sie ihren Sohn der Polizei ausliefern, der hat

doch nichts verbrochen.

„Wann und wo ist ihr Sohn geboren", fasste er ärgerlich nach und zückte sein Notizbuch. Die beiden drucksten etwas herum und sagten dann, dass ihr Sohn ein angenommenes Kind ist und am 10.11.1958 irgendwo in einem kleinen Dorf geboren wurde, genau wüssten sie das aber nicht. Sie hätten den Geburtsort noch nie für irgendwelche Angaben gebraucht.

„Liebe Frau, wollen sie mich jetzt auf den Arm nehmen, sie müssen doch wissen wo das Kind geboren wurde, das sie adoptiert haben."

„Das steht in seinem Pass, den hat der mit. Es ist ein Dorf irgendwo an einem Berg, ich weiß es aber nicht genau.

Helmut weißt du das denn nicht?" „ Nein, die Buchführung hast du doch immer gemacht."

Grün glaubte seinen Ohren nicht zu trauen. Die beiden wissen nicht wo ihr Sohn geboren ist. Die verarschen mich aber ich kriege euch, grummelte es in seinem Gehirn.

Er kehrte zu *Rahnke* zurück, der auf einen Rückruf von *Hanselmann* wartete und schilderte ihn ärgerlich die Aussagen der Eltern von *Willy* und das sie ihm ein Konfirmationsbild von dem Jungen gegeben haben.

„Hast du ihnen gesagt, dass sie sich melden müssen, wenn ihr

Sohn wieder rauftaucht." „Na klar, ob sie das aber machen?"

Im Polizeifunk hörten sie dann nach kurzer Zeit, dass es in ihrer Nähe einen Unfall gegeben hat, wobei ein Mopedfahrer gegen einen Ackerwagen gefahren ist.

Sie schalteten blitzschnell erkundigten sich bei einem Passanten der gerade die Straße überqueren wollte, wo dieser Unfallort sein könnte und fuhren zu der Unfallstelle.

Rahnke zückte seinen Dienstausweis und zeigte ihm dem diensthabenden Kollegen, der gerade dabei war Spuren zu sichern.

Im Graben lag ein total zerstörtes Moped.

Der Ackerwagen, der von rechts hinter einer Hecke hergekommen war, wurde von dem Moped am hinteren Rad gerammt, was ihm aber nichts ausgemacht hat.

Das Moped war total kaputt und der Fahrer schwer verletzt, gerade zum Krankenhaus gefahren worden.

Dem Fahrer des Traktors zitterten noch die Hände als er sich eine Zigarette anzündete.

„Ich kann doch nichts dafür Herr Wachmeister. Der kam doch plötzlich von links hinter Hecke her, den habe ich nicht gesehen." „Ne Werner", sagte der unfallaufnehmende Beamte. Die mussten sich wohl kennen, *„den konntest du*

nicht sehen."

„Darf ich einmal die Daten des verletzten Mopedfahrers einsehen", fragte *Rahnke*.

Es war *Willy Dorfschläger* und die beiden fuhren zum Krankenhaus.

„*Nein meine Herren, Herrn Dorfschläger können sie nicht sprechen, der ist schwerstverletzt. Wir haben noch keine genaue Untersuchung durchführen, gehen aber von einem schweren Schädel-Hirntrauma, einigen Brüchen in den Extremitäten und mehreren offene Wunden aus, die im Rettungswagen notversorgt wurden.*"

„*Melden sie sich bitte bei mir, wenn der Patient vernehmungsfähig ist, es besteht Fluchtgefahr*", sagte *Rahnke* und gab dem Arzt seine Karte. Der schüttelte nur den Kopf: "*Fluchtgefahr?*"

Sie fuhren zu ihrer Dienststelle zurück und berichteten *Hanselmann*, was sie vorgefunden hatten.

„*Checken sie morgen das Einwohnermeldeamt, die müssen doch wissen wo der Bengel geboren ist.*"

Die Kollegen der Sonderkommission „*Kuhstall* hielten die morgendliche Besprechung ab.

Hanselmann fragte routinemäßig die einzelnen Gruppen nach ihren neusten Erkenntnissen.

Grün hatte das Konfirmationsbild von *Willy Dorfschläger* unter den Bildwerfer gelegt. Plötzlich sagte ein Kollege, der hat doch Ähnlichkeit mit dem Kuhstalltoten.

Alle stierten auf die Leinwand. Da ist was dran. Auf dem Bild wird der vierzehn Jahre gewesen sein, denkt euch einmal rund acht bis Zehnjahre dazu, dann hat der verdammt viel Ähnlichkeit mit dem Kuhstalltoten.

„Organisiert mal einer die Bilder von der Leiche", ordnete *Hanselmann* an.

Die beiden Bilder wiesen sehr viel Ähnlichkeit auf. Zwar differierte die Haarfarbe leicht und die Kopfform passte auch nicht. Das Konnte bei der Leiche aber von den Kuhtritten herrühren, auch schien er größer zu sein als der *Friederich*.

Von der Figur glich er aber dem Mopedfahrer bei der Beerdigung, der so plötzlich den Friedhof verließ.

Hanselmann ordnete an zunächst abzuwarten bis die Daten des Einwohnermeldeamtes bei ihnen eingegangen sind und, damit nicht *Jemand* plötzlich aus dem Krankenhaus verschwindet, wie das Mädchen *Angelika*, einen Beamten vor die Tür des Krankenzimmers zu setzen.

„Herr Rahnke, rufen sie noch einmal in der Klinik an, dass die uns sofort informieren, wenn der Patient vernehmungsfähig ist".

„Ist schon erledigt, wird aber noch dauern, wie mir der Chefarzt gesagt hat", beantwortete er die Anweisung von Hanselmann.

Die Wache vor der Tür des Krankenzimmers meldeten in gleichen Abständen keine besonderen Vorkommnisse.

Nach einer Woche kam der Anruf vom diensthabenden Arzt, dass der Patient besucht werden könne, aber nur kurz.

Rahnke und Grün machten sich auf den Weg.

Im Falle Angelika Dänemann traten sie auf der Stelle. Keiner hatte sie das Krankenhaus verlassen sehen.

Erst als sie als Leiche im See entdeckt wurde, war sie wieder auf der Bildfläche.

Die Befragungen beim Personal der dortigen Buslinien erbrachten ebenso wenig.

Taxifahrer hatten sie auch nicht gesehen und auch nicht mitgenommen.

Wie das Mädchen da zum See gekommen ist, war für alle ein Rätsel. Es wurde für die mit dem Fall beauftragten Beamten immer deutlicher, dass sie von Privatpersonen im Auto oder anderen motorisierte Menschen mitgenommen sein musste.

Zu Fuß konnte sie auf keinen Fall den See in kurzer Zeit erreichen.

Auch ein Aufruf in der hiesigen Zeitung brachte keine Erkenntnisse. Es meldete sich keiner.

Sie war weder gesehen worden, noch hatte sie einer mitgenommen.

In der Klinik angekommen, meldeten sich die beiden Polizisten beim Stationsarzt, der mit ihnen zum Krankenzimmer von *Willy Dorfschläger* ging, vor dem es sich ein Kollege von ihnen gemütlich gemacht und die Tageszeitung las.

Die beiden stellten sich vor und der Wachhabende melde, dass bis jetzt nichts Besonderes passiert war.

Der Junge *Dorfschläger* hatte das Oberteil des Bettgestells ganz steil gestellt, so das er in der Lage war, über das Bett seines Nebenmanns aus dem Fenster zu schauen.

Beide schliefen als sie das Zimmer betraten. Sie hatten vorher schon den Arzt gebeten, währende der Vernehmung den zweiten Patienten aus dem Zimmer zu fahren oder *Dorfschläger* in einen anderen Raum zu bringen.

Der Arzt gab der mitgekommenen Schwester ein Wink und sie fuhr den zweiten Kranken aus dem Zimmer, ohne das er die Augen aufschlug.

Dorfschläger war inzwischen erwacht und der Arzt stellte die beiden Begleiter vor, ermahnte sie noch einmal behutsam mit seinem Kranken umzugehen und nicht länger als zehn Minuten Fragen zu stellen.

„Herr Dorfschläger hat eine Unterschenkel- und Schlüsselbeinfraktur, darüber hinaus eine schwere Gehirnerschütterung davongetragen, von den Fleischwunden im Gesicht und am rechten Ellenbogen mal abgesehen. Er hat sehr viel Glück gehabt. Meine Herren, berücksichtigen sie das.“

Willy schaute mit ängstlichem Blick zu den beiden Polizisten.

„Herr Dorfschläger wir waren vor ein paar Tagen schon einmal bei ihnen auf dem Hof und wollten sie sprechen und Ihnen ein paar Fragen stellen. Da haben sie aber fluchtartig mit ihrem Moped den Hof verlassen und dabei meinem Kollegen beinahe umgefahren, wissen sie das noch?“ „Nein“.

Stellt der sich jetzt so dumm oder weiß der das wirklich nicht mehr, dachte *Rahnke*.

„Nun gut, Herr Dorfschläger sind sie jetzt bereit uns einige

Fragen zu beantworten. Sie brauchen nicht zu antworten, wenn sie meinen sich selbst zu belasten. Haben sie das verstanden?"

„Ja."

„Gut wo wollten sie denn an dem Nachmittag, als sie aus der Schule kamen so schnell mit ihrem Moped hin?"

„Ich wollte zu meinem Schulfreund nach Höselsbach, der hatte versehentlich meine Unterlagen eingesteckt und die brauchte ich, wir sollten am nächsten Tag eine Klausur schreiben und ich wollte mich an dem Nachmittag darauf vorbereiten.

Als ich aus der Garage herausgefahren bin, fiel mir ein, dass der Weg nach Höselsbach durch das Feld viel kürzer ist und da habe ich auf dem Hof gedreht und bin hinter unserem Haus zum Feldweg gefahren. Leider hat es mich dann nach kurzer Zeit hinter dem Maisfeld erwischt und ich bin in den Wagen gerauscht. Dann weiß ich nichts mehr." So ähnlich hatten seine Eltern auch schon das Verhalten ihres Sohnes den beiden Polizisten erklärt. Sie glaubten das aber nicht.

„Kennen sie eine Angelika Dänemann?" Er stutzte kurz und fragte dann zurück. „Sollte ich die kennen?" dann legte er sich zurück und schloss die Augen.

In diesem Moment kam der Arzt wieder ins Zimmer und gab den Polizisten ein Zeichen, dass die Zeit herum sei.

Sie verließen den Raum und erklärten ihm, dass sie

morgen noch einmal kommen müssten.

Eventuell wäre sein Patient in einem Kapitalverbrechen verstrickt und dazu benötigten Sie seine Aussage.

„Meine Damen und Herren, sitzen sie gut, fragte Hanselmann seine Kollegen vom der Sonderkommission „Kuhstall".

Wir haben uns alle gefragt wie das kommt, dass der Friederich Dänemann und der Willy Dorfschläger so eine große Ähnlichkeit haben, stimmt doch, oder? „dann will ich ihnen das einmal erklären:

„Herr Friederich Dreier und Herr Willy Dorfschläger sind beide am 15. Oktober 1958 geboren.

Das ist noch normal! nur, Friedrich in Baumhütten und Wily in Wundigen. Auch noch normal. Sie haben auch beide die gleiche Blutgruppe und die gleichen Wesensmerkmale"

„Dann könnten es ja Zwillinge sein", rief eine sehr junge Kollegin dazwischen, während viele ihrer Kollegen mit offenem Mund da saßen und den Kopf schüttelten.

„Richtig beobachtet, Kollegin Traudel. Die Überprüfung in den Krankenhäusern sagt darüber aber nichts aus.

Warum hat die Mutter, Frau Sophie Kleiner uns das nicht erzählt"?

„Aber, die kann doch nicht zu gleicher Zeit ein Kind in Baumhütten und ein Kind in Wundigen zu Welt gebracht haben.", rief die Kollegin Traudel dazwischen.

„Genau, das ist jetzt eine Aufgabe für sie. Fahren sie nach Baumhütten zu Frau Kleiner und fragen sie sie."

„Frau Gutemünder sie setzen sich mit dem Krankenhaus in Wundigen in Verbindung und ermitteln, was sich da an dem 15.10.1958 zugetragen hat."

Rosemarie Traudel studierte kurz die Fahrstrecke auf der Karte in ihrem Büro an der Wand, setzte sich dann ins Auto und fuhr gen *Baumhütten*.

Sophie Dreier hätte an liebsten laut gelacht als sie davon hörte, dass sie Zwillinge geboren hat und sagen sollte wo der zweite Sohn abgeblieben ist, aber der Schmerz über den Verlust von *Fritz* saß noch sehr tief in ihr, dass sie nur ungläubig den Kopf schüttelte.

„Junge Frau, ich habe keine Zwillinge geboren. Wenn es so wäre, wüsste ich das."

„Aber schauen sie mal hier", und die Polizistin zeigte ihr ein Schreiben aus denen hervorging, dass es einen Zwilling

geben musste.

„Wer war denn bei der Geburt ihrer Söhne, ääh ihres Sohnes dabei?"

„Wenn ich mich recht erinnere, nur der alte Doktor und die Hebamme und ein Mädchen vom Nachbarhof, die Rosen Elsbeth.

Sie war da als Magd, ist aber schon lange nicht mehr da und wo die ist weiß ich auch nicht."

„Der Arzt und die Hebamme sind auch schon lange tot."

„Da es eine schwierige Geburt werden könnte, vielleicht sogar mit Kaiserschnitt, hat der Arzt gesagt, wäre es besser, wenn ich eine Spritze bekomme und im Schlaf das Kind gebäre".

„Das haben wir auch so gemacht. Als ich wieder wach wurde hatte ich meinen kleinen Fritz im Arm."

„Der Doktor war schon wieder zurück in seiner Praxis und die Hebamme saß mit geschlossenen Augen auf dem Stuhl vorm Ofen und schlief, da war kein zweites Kind."

Rosemarie Traudel nahm die Aussage von *Sophie* auf und bewegte fuhr sie wieder zurück zu ihrem Büro.

In *Wundigen* im Krankenhaus, war an dem besagten Tag kein Kind geboren. Es musste also eine Hausgeburt gewesen sein.

Tatsächlich war an diesem Tag ein *Willy Dorfschläger* zu Haus geboren, so stand es in den Büchern

"Auf der einen Seite passt das wie die Faust aufs Auge, auf der anderen Seite überhaupt nicht", sagte *Hanselmann* als er die Ergebnisse seiner Beamten hörte.

„*Herr Grün konfrontieren sie doch Herrn Dänemann damit, dass er vielleicht sogar Vater von Zwillingen geworden ist.*

„*So ein Mist*", dachte *Grün*. Er und *Friederich* waren eigentlich ganz gute Freunde, wie auf dem Dorf so üblich. Bei so einer Sache musste er dann immer dienstlich werden und das war der Mist.

Zu Kollegin *Traudel* gewandt, fragte *Hanselmann* dann, ob sie den Namen der Magd hätte, die bei der Geburt dabei gewesen sein soll.

„Ja den Namen habe ich, aber wo und ob sie überhaupt noch lebt, das müssen wir noch feststellen".

„*Hurtig ans Werk Frau Traudel, wir müssen den gordischen Knoten doch durchgeschlagen kriegen, auch wenn er noch so verworren ist.*"

Rahnke hatte vorher vom Gespräch mit *Willy Dorfschläger* berichtet.

Man war allgemein der Meinung, dass alle im Dorf zusammenhielten.

„Eine Krähe kratzt der andern kein Auge aus"
Es dauerte genau drei Tage, dann war die Anschrift von Frau *Elsbeth Rose* ermittelt.
Sie arbeitete immer noch als Helferin auf einen Bauernhof, jetzt aber in *Hindelang* im Oberallgäu.
„Frau Gutemünder setzte sie sich mit dem für das Allgäu zuständigen Kommissariat in Verbindung und bitten sie um Amtshilfe", ordnete Hanselmann an.
Nach einigen vergeblichen Anrufen im Allgäu glaubte *Gerlind Gutemünder* endlich Jemanden gefunden, den sie den Grund ihres Anrufes erklären konnte.
„Da sind wir leider nicht zuständig", das macht das *Einwohnermeldeamt aber wenn sie noch ein paar Minuten Zeit haben, gehe ich kurz über den Flur, da ist deren Büro oder sie geben mir ihre Rufnummer, dann rufen die im Laufe des Tages zurück"*.
Es dauerte ca. eine Stunde, da klingelte das Telefon bei *Gerlind Gutemünder.*
Eine Stimme im tiefsten bayrischen Dialekt meldete sich mit: *„Grashuber, Hansel, Einwohnermeldeamt Hindelang Oberallgäu, was brauchst denn?*
Nachdem sie ihn verstanden hatte schilderte sie ihm kurz ihr Anliegen und bat ihn er möge doch einmal in den

Unterlagen im Amt nachsehen wo und ob in ihrer Stadt eine Frau *Elsbeth Rose* wohnt oder gewohnt hat und wenn nicht oder nicht mehr wo sie hingezogen ist.

Der Beamte vom Einwohnermeldeamt versprach ihr nach kurzem Gebrumme, die Anschrift von dieser Frau *Elsbeth Rose* herauszusuchen und ihr im Brief per Post zu senden. *„ Am Telefon darf ich ihnen das nicht sagen"*, erklärte er ihr belehrend.

Endlich, nach vier Tagen erreichte ein Brief das Kommissariat und wurde auch sofort an sie weitergeleitet. Nach kurzer Anrede, wurde ihr mitgeteilt, dass ein Frau *Elsbeth Rose* auf dem Hof beim Bauern *Franzl Hirschorn* im *Waldhäuselsweg 3* in *Hindelang* im *Oberallgäu* wohnt und auch arbeitet.

Mehr kann ich Ihnen leider nicht dazu schreiben, da müssen Sie sich an die Kriminalpolizei wenden.

„Da beißt sich doch die Katz in den Schwanz. Von Der Kriminalpolizei zum Einwohnermeldeamt und jetzt wieder zur Kriminalpolizei", rief *Gerlind* laut aus und die Kollegen im Büro schauten sie fragend ob ihres ungewöhnlichen Ausrufes an.

Sie schildert kurz die Situation und es wurde ihr geraten eine offizielle, schriftliche Anfrage an die Polizei in

Hindelang zu stellen, in der Sie ebenfalls um Amtshilfe bittet, Frau *Rose* zu vernehmen und die dringend wichtigen Fragen zur Aufklärung der merkwürdigen Geburten der Frau *Kleiner* geb. *Dreyer*, verwitwete *Knarre* zu vernehmen, bei der sie seinerzeit in Stellung war.

„Und dann setzt du noch darunter:

„DRINGEND: DIE ANTWORT DIENT ZUR AUFKLÄRUNG EINES KAPITALVERVRECHENS."

Der Brief wurde noch am gleichen Tag zur Post gegeben.

Als *Gerbers Friederich* von *Grün* hörte, dass er damals höchstwahrscheinlich nicht nur *Friederich* Junior gezeugt hat sondern auch noch ein Zwilling existierte, hätte er den Polizisten beinahe herausgeschmissen.

„*Ihr wollt mich jetzt wohl total fertig machen*", brüllte er durchs Haus und *Helma* kam schnell aus der Futterküche angerannt, um nach ihrem *Friederich* zu sehen.

„*Wenn es so ist, hätte das Vormundschaftsgericht doch davon gewusst. Dann hätten die mir doch das Doppelte an Alimente abgeknöpft. Die sind doch wie die Geier hinterm Geld her. Das kann nicht stimmen*".

„*Friederich wir ermitteln noch*", hob *Grün*er wieder an. „*Ich* *wollte dich nur schon einmal informieren und werde dich auf dem Laufenden halten"*, dann verlies er eilig das Haus, froh seinem Freund diese Botschaft ohne ein blaues Auge zu bekommen beigebracht zu haben.

Im Krankenhaus war auch der tote Fötus von *Angelika*, den sie unterm Herzen getragen hat untersucht worden, dabei hatte sich herausgestellt, dass *Fritz* der Erzeuger des Kindes, ein Mädchen, gewesen sein könnte.

Dies war dem Ehepaar *Dänemann* gerade per Post vom Krankenhaus mitgeteilt worden, mit dem Hinweis, dass diese Information auch an die Kripo weitergeleitet werde.

„Vielleicht auch noch an den Zwilling, wenn es den wirklich gibt", rief *Friederich* wutentbrannt.

„Von wem hat unsere Tochter das nur geerbt?" fragte sich *Helma* und schüttelte ihr inzwischen ergrautes Haar.

Sie saßen wieder im Krankenzimmer bei *Willy* und löcherten ihn mit ihren Fragen.

Ja, er kannte eine *Angelika*, wusste aber nicht, dass sie *Dänemann* hieß, alle sprachen doch nur von *Gerbers Angelika*.

Ja, er hatte sie auch ein paar Mal auf ihrem Zimmer besucht und da wäre es auch zum Geschlechtsverkehr gekommen, gab er nach einer Weile zu.

Ja, er war immer mit dem Moped zu ihr gefahren.

Ja, er war auch auf dem Friedhof bei *Fritzes* Beerdigung gewesen und da er nicht eingeladen war, hat er sich etwas abseits hingestellt und war sofort, nachdem der Sarg in das Grab herabgelassen war, zurückgefahren.

Nein, er wusste nicht das *Angelika* verstorben ist und wie sie zu Tode gekommen ist.

Es stellte sich weiterhin heraus, dass er in der Woche als sie aus dem Krankenhaus verschwunden war, mit der Uni eine Betreuungsfahrt nach *Berlin* gemacht hat und war auch die ganze Zeit in *Berlin* gewesen, dass könnten die Dozenten und auch die anderen Studenten bezeugen.

„Das war ein Schlag ins Wasser", sagte *Hanselmann* zu den Beiden. *„Überprüft bitte noch einmal das Alibi und ob seine Aussagen bezüglich der Reise nach Berlin richtig sind. Wenn das stimmt, können wir ihn streichen."*

Die Kollegen im Allgäu hatten sich beeilt und auch die gesuchte Person besucht.

Sie war eine kleine, zierliche Frau. Man sah ihr die harte Arbeit in den langen Jahren auf den Bauernhöfen an.

Verheiratet war sie nicht.

Sie hatte zwar in jungen Jahren viele Verehrer gehabt und einmal war es zu einer Schwangerschaft mit Fehlgeburt gekommen.

Sie empfand das durchaus als gut, da der mögliche Vater, ein Fremdarbeiter aus Italien, das Weite gesucht hatte als sie ihm die frohe Botschaft überbrachte.

Ursprünglich aus dem Emsland kommend, wo sie auch bis zu ihrer ersten Stellung bei einem Landwirt oben an der Nordseeküste, gelebt hat, war sie, da ihre Eltern früh verstarben und sie keine Geschwister und auch wenig Verwandte hatte, die sie zudem auch kaum kannte, quer durch Deutschland, bis jetzt nach Bayern gezogen.

Meist blieb sie bis zu fünf Jahren auf den Höfen.

Hier wollte sie aber bis zu ihrem Tod bleiben und hatte schon mit dem Pastor gesprochen, der ihr zugesagt hatte sie auf den kleinen Friedhof nach ihrem Tod zu beerdigen. Der Polizeibeamte fragte sie, ob sie sich an die Zeit beim Bauern in *Baumhütten* erinnern könne. Sie überlegte eine ganze Weile, dann nickte sie und sagte: *„Ja, das muss der Bauernhof von Sägemüller gewesen sein. Der hatte nur wenig Land und Vieh aber viel Wald. Da habe ich immer mit in der Sägemühle arbeiten müssen, eine schwere Arbeit."*

„Können sie sich denn auch an den Nachbarn, den Herrmann Knarre und seine Frau Sophie erinnern?"

Sie überlegte eine ganze Zeit: „Ja, das waren nette Leute, da habe ich auch öfter geholfen. Der Herrmann hat mir, bevor die Sophie da war, einige Zeit auch schöne Augen gemacht, aber der war zu alt."

„Sie haben doch auch bei der Geburt der Kinder geholfen." „Ja, das weiß ich noch. Zwillinge hat die Sophie bekommen. Es war gar nicht so einfach, bis die das Licht der Welt erblickten."

„Zwillinge"? harkte der Polizeibeamte nach.

Mit einmal wurde sie ganz rot. „Oh, oh, oh, das durfte ich nicht sagen ich habe doch geschworen es nicht zu verraten."

„Wem haben sie das geschworen Frau Rose"? „Dem Doktor und der Hebamme."

„Ja warum denn?"

„Bevor die Sophie erwacht ist hat der Doktor doch das eine Kind genommen und es in eine Decke eingedreht und ist damit schnell weggefahren."

„Wohin denn"? Sie überlegte eine ganze Weile. „nach Hunden oder Bunden, wie die Hebamme mir sagte oder so Ähnlich."

„kann es auch Wundigen gewesen sein"? nannte der Polizist den richtigen Namen des Ortes, der ihm genannt worden war,

„Ja, richtig, der Ort hieß Wundigen."

„Und warum wurde das Kind dahin gebracht"?

„Da soll eine Frau gewesen sein, die hatte eine Todgeburt gehabt und lag mehrere Tage im Koma und der Doktor hat gemeint, wir legen ihr das Kind in den Arm, vielleicht hilft das ja, um sie wieder zum Leben zu erwecken".

„Er hatte wohl bei Geburt gefuscht, wie mir die Hebamme gesagt hat und wollte seinen Fehler wieder gut machen. Da Sophie ja bei der Geburt ihrer Kinder betäubt war, wusste sie ja auch nicht wieviel sie geboren hat und bei der anderen Frau hat das geholfen".

„Erst einige Stunden nachdem das Kind in ihren Arm lag, ist sie erwacht und hat sich gefreut, so hat es mir der Doktor später erzählt", „Ich musste aber schwören, dass ich das Niemanden weitersage und das habe ich auch bis heute nicht getan. Heute habe ich das vergessen und den Schwur gebrochen. Werde ich jetzt dafür bestraft her Wachmeister?".

„Nein, gute Frau, sie haben uns sehr geholfen. Ich bedanke mich bei Ihnen."

Der Polizist fuhr ins Büro schrieb seinen Bericht und schickte ihn mit der Post zu seinen Kollegen.

Die Meldung aus dem Allgäu schlug im

Polizeikommissariat wie eine Bombe ein.

Hanselmann rief seine Truppe wieder zusammen und unterbreitete ihnen diese Nachricht. Seine Kollegen schauten ihn ungläubig an.

„Meine Damen und Herren, das Geheimnis des gleichen Geburtsdatums aber der zwei Geburtsorte scheint gelüftet, jetzt müssen wir nur noch die Pflegeeltern des Willy Dorfschläger fragen und uns ihre Version über die Geburt ihres Kindes anhören".

„Da bin ich gespannt, was die uns für ein Märchen erzählen, wenn wir sie mit unserem Wissen konfrontieren."

„Frau Traudel fahren sie bitte mit Herrn Grün nach Wundigen zu dem Dorfschlägers. Vielleicht ist es besser, wenn bei so einem Gespräch eine Frau dabei ist."

" Das machen wir Morgenfrüh sofort oder haben sie etwas anderes vor Frau Traudel?" rief *Grün* seiner Kollegin und seinem Chef zu.

Er fuhr gern mit seiner Kollegin auf Streife und jetzt, wo sie beide in dieser Kommission *„Kuhstall"* waren, freute er sich besonders.

Vor einiger Zeit waren sie sich bei einem nächtlichen Einsatz im Winter, bei dem sie in zivil viele Stunden im Schneegestöber hinter einer Hecke, in der Nähe einer

Bank, die schon oft in der Nacht Besuch bekommen hatte, etwas nähergekommen. Der Motor des Wagens durfte nicht laufen und es war saukalt. Da sind sie einfach aneinandergerückt, um sich gegenseitig zu wärmen. Beinahe wäre es zum Äußersten gekommen.

Sie saß schon auf seinen Schoß, schaute dabei aber nach hinten und als *Grün* sich beinahe am Ziel glaubte, gab sie ihm leise zu verstehen, dass gerade ein Wagen langsam zur Bank fuhr.

„*So ein Scheiß*", fluchte er als sie von ihm hüpfte und gab die Meldung, dass ein Wagen sich näherte an die Kollegen auf der anderen Straßenseite weiter.

Später waren sie von ihrem Chef gelobt worden. Die Jungs in dem Wagen wollten gerade wieder einmal zuschlagen und in die Bank eindringen, da wurden sie geschnappt und dafür zu langjährigen Haftstrafen verurteil.

Es hat sich niemals wieder so eine Augenblick ergeben. Beide waren sie ja verheiratet und haben auch nie mehr darüber gesprochen.

Es war jetzt zwar kein Winter aber, na ja, vielleicht ergibt sich ja wieder eine Gelegenheit.

Am nächsten Morgen fuhren sie gleich nach Dienstbeginn Richtung *Wundigen*.

Frau *Dorfschläger* war allein zu Haus.

Ihr Mann war zum Krankenhaus gefahren, um ihren Sohn ein paar andere Sachen zum Anziehen zu bringen, wie die Frau sagte als sie nach ihrem Mann fragten.

Willy sollte in den nächsten Tagen entlassen werden. Seine Verletzungen waren weitgehend ausgeheilt.

Bevor er zu einer REHA-Kur kommt, hatte sein Arzt gemeint, müsse er sich erst noch ein paar Tage zu Haus erholen.

Nach einer erneuten Vorstellung bei ihm könne er dann hoffentlich diese Maßnahme antreten."

„Können sie sich noch an die Geburt ihres Sohnes erinnern"? fragte Frau *Traudel* als sie ihr den Grund ihres Besuches genannt hatten.

„Nein junge Frau. Ich war hochschwanger und das Kind sollte in den nächsten Tagen geboren werden. Am Donnerstagvormittag, etwa vier Tage vor dem errechneten Geburtstermin ist mir auf der Treppe schwindelig geworden und ich bin die Stufe heruntergerutscht und ohnmächtig geworden."

„Das muss dann ja so um den 10. November gewesen sein, stimmt's?" warf *Grün* ein.

„Ja, ich weiß das nicht mehr so genau, da müssen wir mal

meinen Mann fragen".

„Auch von der Geburt meines Kindes habe ich nichts mitbekommen. Ich bin erst im Krankenhaus wieder aufgewacht und hatte den Willy im Arm."

„Wer war denn der Arzt, der ihren Sohn geholt hat Frau Dorfschläger?"

„Das war der alte Romanke. Ist auch schon einige Jahre tot."

Grün überlegte und stellte fest, dass sich die Aussage mit der der ehemaligen Nachbarmagd von Sophie Dreier deckte und notierte sie in sein Notizheft.

„Wann können wir denn mit er Rückkehr ihres Mannes rechnen Frau Dorfschläger?", fragte die Polizistin nach.

„Na, ich denke er wird gegen drei wieder da sein. Ich werde um halb drei abgeholt, wir haben heute eine Gesangstunde vom Kirchenchor in der Nachbargemeinde und fahren mit dem Bus dahin. Anschließend sind wir noch zu Kaffee und Kuchen eingeladen. Das ist immer schön. Einmal im Monat bei denen und dann wieder bei uns, daher kann ich sie leider nicht zu einer Tasse Kaffee einladen und muss mich jetzt fertigmachen."

Die beiden Polizisten verabschiedeten sich und fuhren zunächst in die kleine Stadt. In einem Restaurant aßen sie eine Kleinigkeit und besprachen noch einmal die Aussagen der Frau.

Helmut Dorfschläger hatte die Beiden schon erwartet. Seine Frau hatte ihm einen Zettel hingelegt und er war froh, dass er allein mit ihnen sprechen konnte.

„Ja", sagte er, nachdem sie ihn gefragt und von ihrem Wissen über die Geburt des *Willy Dorfschläger* ihres „Kindes" informiert hatten.

„So war es."

„*Wir hatten Angst, dass sie nach dem Sturz, die Totgeburt unseres gemeinsamen Kindes nicht überleben würde und mir fiel ein Stein vom Herzen, als der alte Romanke am Abend noch einmal nach meiner Frau sah und ihr einen kleine Jungen in den Arm legte. Bis heute hat keiner davon erfahren. Bitte reden sie auch nicht darüber. Das würde sie nicht ertragen und auch der Willy wäre sicher sehr verstört.*"

„*Ja Herr Dorfschläger, ich weiß nicht ob das zu verheimlichen ist, werde meinem Vorgesetzten aber ihre Bedenken vortragen*".

Am nächsten Tag waren auch die Aussagen der Lehrer, die die Klassenfahrt nach Berlin begleitet hatten da.

Es stimmte die Aussage von *Willy*, dass er die ganze Zeit dabei war.

Bis auf einen Nachmittag, da war den Studenten frei gegeben worden und sie hatten auf eigenen Faust *Berlin* unsicher gemacht.

Soll bis in den frühen Morgen gegangen sein. Wie der Dozent aussagte.

Auch das Lehrpersonal hatte sich einen freien Nachmittag gegönnt und war noch um die Häuser gezogen.

So oft kamen sie ja nicht nach *Berlin* und was sie machten, ging ihren Studenten nicht an.

„Da ist die Lücke im Alibi von dem Dorfschläger", flüsterte *Hanselmann Rahnke zu"*, *„wenn der in dieser Zeit nicht lückenlos und mit Zeugen belegen kann, wo er gewesen ist nehmen sie ihn vorläufig fest". „Fragen sie auch im Krankenhaus nach, wann er entlassen wird."*

Hanselmann hatte Blut geleckt und vertraute auf seinem Instinkt und der hatte ihn selten betrogen.

Willy Dorfschläger war erst kurz zu Haus, als er von der Polizei Besuch bekam und die beiden Beamten ihn baten sie doch auf die Wache zu begleiten.

Als er sich weigerte und auch seine Eltern meinten, das müsse doch in seinem jetzigen Zustand nicht sein, nahmen sie ihn kurzer Hand vorläufig fest und er wurde in Handschellen abgeführt.

Hanselmann führte persönlich die Vernehmung des jungen *Dorfschlägers* durch.

Der wiederholte stur die Aussagen aus dem Krankenhaus.

Auf weiteres Bohren gab er dann aber zu, dass sie in der Nacht in *Berlin* noch mit einer Nutte vom Straßenstrich mitgegangen sind, die sie schnurstracks in einen privaten Puff geführt hat und da auch ein junger Dozent dabei war.

Sie hatten sich geschworen dicht zu halten, um ihm keine Schwierigkeiten zu bereiten.

„Das können sie ihn und auch meinen Mitstudenten fragen"! und er nannte ihre Namen.

Von dem Tod von *Gerbers Friederich* hatte er zufällig aus der Zeitung erfahren und war dann zu seiner Beerdigung gekommen, hatte auf dem Friedhof gehört, dass einige Trauergäste von Mord munkelten.

Sie hatten ja Beide eine große Ähnlichkeit, darum war *Friedrich* ihm immer sympathisch erschienen.

Als er von seinem Tod erfuhr und dem Beerdigungstermin, war es ihm ein Bedürfnis bei der Beerdigung dabei zu sein. Auf der einen Seite sei er sehr betroffen gewesen, anderseits war er einen Konkurrenten bei *Angelika* los, denn er hatte schon mitbekommen, dass sie *Friedrich* auch schöne Augen machte.

„*Angelika* habe er seit der Woche vor dem Fest nicht mehr gesehen.

Oder doch kurz auf dem Fest.

„*Ich bin aber gleich danach nach Haus gefahren. Wir mussten am Montag eine schwere Klausur schreiben und da habe ich mich am Sonntag vorbereitet und konnte nicht die ganze Nacht feiern.*"

„Auch *wenn der Friedrich Gerber ein Mitbewerber um die Gunst von Angelika war, bringe ich den doch nicht um. Ich bin kein Mörder.*"

Dann fiel ihm noch ein, dass er auf der Fahrt vom Fest nach Haus, so gegen Mitternacht kurz vor *Wundigen* einer Polizeistreife auffiel, weil sein Licht am Moped flackerte.

Er hat damals eine Verwarnung erhalten und sollte sein Moped in den nächsten vierzehn Tagen bei der Polizei vorführen:

"*Wir werden ihr Alibi überprüfen so lange bleiben sie aber bei uns. Es steht ihnen frei einen Anwalt zu informieren.*" Dann wurde er in eine Zelle gebracht.

Wie soll ich einen Anwalt informieren. Ich kenne keinen und aus der Zelle heraus geht das gar nicht, waren seine Gedanken, als er auf dem schmalen Bett liegend unter die

Decke starrte.

Am Mittag des nächsten Tages war der Junge Dozent befragt und er bestätigte die Aussage von *Dorfschläger*. Auch die Kollegen der Polizei in *Wundigen* erinnerten sich an ihn und das flackernde Licht am Moped in der besagten Nacht.

Er hätte das Moped aber immer noch nicht vorgeführt, wie sie sagten, Das kann *Willy* ja jetzt auch nicht mehr. Die Karre ist nach dem Unfall ja nur noch Schrott.

Er wurde, nachdem diese Aussagen vorlagen sofort entlassen und von seinem Vater abgeholt.

„So ein Fall habe ich noch nicht gehabt", schüttelte *Hanselmann* am nächsten Mittag beim Briefing der Gruppe „Kuhstall" den Kopf.

„Wenn du denkst du hasten, springt er aus den Kasten!"

Sie hatten zwar den Kindesraub von vor mehr als zwanzig Jahren aufgeklärt.

Die beiden Morde lagen aber noch im Dunkeln.

„Meine Damen und Herren, den jungen Dorfschläger mussten wir heute wieder frei lassen, er hat für beide Mordzeitpunkte ein einwandfreies Alibi. Wir fangen wieder von vorn an.

Im Dorf war es stiller geworden. Alle waren von den

Ereignissen auf *Gerbers* Hof erschüttert und bedauerten, zu mindestens nach außen *Friederich* und *Helma*.

Sie erinnerten sich nur kurz an die schöne Zeit mit der jungen Magd von *Meierlings* Hof.

Sie waren ja auch alle älter geworden. Die Sache mit den Frauen, wenn auch nicht nur mit der eigenen, war auch weniger geworden oder ganz zum Erliegen gekommen.

Horst wollte seinen Laden verpachten oder verkaufen.

Sein Bauch war so groß gewachsen, dass er bald nicht mehr darüber schauen konnte.

Einige von den früheren Verschwörern in Sachen Magd, waren schon nicht mehr unter ihnen und so warteten alle, wie es bei *Gerbers* weitergeht.

„*Hast du schon gehört*", tuschelten sie beim Bier im Laden als auch in der Dorfkneipe, „*der Gerber soll damals mit Sophie Zwillinge gezeugt haben*", „*beide tot.*"

„*Diese vielen Fragen, wie es denn jetzt bei uns weitergeht, gehen mir so allmählich auf den Sack*", schimpfte Friederich beim Abendessen.

„*Wenn einer aus dem Dorf glaubt, er kann uns unser Land billig abgaunern, hat der sich getäuscht. Ich bin traurig über den Tod unserer Tochter aber blöde bin ich noch nicht."*

„Und bedenke wir haben ja noch einen Erben", nahm *Helma* das Gespräch auf und grinste bösartig.

„Einen Erbe?, einen Erben? Hör bloß auf mit dem Erben. Bis jetzt hat sich keiner gemeldet und wenn er sich meldet, wird bis zu letzten Moment alles abgestritten", fauchte *Friedrich* vor Wut.

„Wenn es so ist, dann ist es so und dann müssen wir uns arrangieren. Ins Grab können wir nichts mitnehmen", sagte *Helma* leise, um die Wut ihres Mannes nicht noch weiter anzuheizen.

„Es weiß doch sowieso schon jeder hier im Dorf oder er meint es zu wissen.

Meinst du der Grün hat die Schnauze gehalten? Wir müssen das Beste daraus machen aber so lange der Junge sich nicht meldet, unternehmen wir nichts." *Helma* stand vom Tisch auf und räumte das Essen ab. Dann stellte sie ihrem Mann eine Flasche Bier auf den Tisch und schaltete den Fernseher ein. Es begannen gerade die Regionalnachrichten und die sahen sie sich jeden Abend an, schon allein, um den Wetterbericht für ihr Gebiet zu hören.

Das taten sie aber erst seit ein paar Tagen wieder.

Nach dem Tod ihrer Tochter hatte sie den Fernseher nicht mehr angestellt, weil immer über die mysteriösen Morde berichtet wurde und auch sie stets in ihrer Trauer auf dem Friedhof gezeigt wurden.

Es kam hinzu, dass die angebliche Untätigkeit der Polizei meist auch ein Thema war.

Aus „gut *unterrichteten Kreisen"* sollten angeblich Personen, die für die Morde in Frage kamen geschützt werden und noch anderer Blödsinn waberte über die Bildschirme

Nach den allgemein üblichen Ereignissen wurde heute auch nur kurz über den Fall *Dorfschläger* berichtet und dass sich seine Unschuld herausgestellt hat und er wieder auf freien Fuß sei.

Sie hatten bei allen Wirren, die sich um sie ereignet hatten von der Verhaftung eines Verdächtigen in den beiden Mordfällen nichts mitbekommen.

Plötzlich stutzte *Friederich: „Du, Helma, heißt der Bengel nicht Dorfschläger?"*

„Welcher Bengel", rief sie aus der Küche zurück, wo sie noch das Geschirr abwusch.

„Na der, dieser angebliche Zwilling."

Sie ließ das Handtuch fallen und rannte ins Wohnzimmer,

doch die Meldung war schon zu Ende.

„Ich rufe morgen den Grün mal an, der wird das wissen müssen und wenn er nichts sagt, dann lügt er". Damit war für ihn das Thema für heute erledigt. Er schaltete das Gerät aus und widmete sich der Tageszeitung.

Die Polizei hatte noch einmal gründlich alle männlichen Personen zwischen sechzehn und fünfundsechzig Jahren aufgelistet, von denen aber schon viele wieder durchgestrichen wurden, weil sie entweder an den Mordzeitpunkten ein Alibi hatten, zu alt oder zu gebrechlich waren, wobei der genaue Zeitpunkt des Todes von *Angelika* ja noch gar nicht feststand.

Nach langen Gesprächen im Kreis der Kommission, der Abwägung und Vergleich aller Fakten und früherer Aussagen, einigte man sich, zunächst einmal den Junior von *Drösings* vorzuladen.

Er war ja auch ein Liebhaber von *Angelika* gewesen. Interessant war seine Aussage bezüglich der Person, die er öfter humpelnd zum Fenster oder zurück hatte angeblich laufen sehen und das wollten sie noch einmal genauer nachfragen, denn in dem übriggebliebenen Personenkreis, gab es keine Person die humpelte.

Auch andere Bewohner des Dorfes waren nach einem Fußkranken befragt worden. Es war keiner bekannt.

Sie beschlossen ihm eine Falle zu stellen.

Ein paar Tage später erschien *Grün* plötzlich auf dem Hof und bat den Junior *Drösing* mitzukommen, die Kollegen hätten eine Person festgenommen, die auf seine Beschreibung, die er vor Monaten abgegeben hatte passen könnte.

Ja genau könnte er das auch nicht mehr sagen. Es sei ja auch dunkel gewesen, sagte er abschwächend vor Beginn der Vernehmung.

Hanselmann war persönlich dabei und bat *Drösing* ihm zu folgen.

Sie gingen in einen abgedunkelten Raum mit einer großen Glasscheibe, durch die sie in einen anderen, hell erleuchteten Raum blicken konnten in dem nach kurzer Zeit fünf Personen hereinkamen und etwas humpelnd im großen Bogen bis zu gegenüberliegenden Wand marschierten.

Hanselmann merkte, wie der Junge neben ihm immer nervöser wurde.

„Herr Drösing, kommt ihnen eine Person oder der Gang einer Person bekannt vor oder sollen die einzelnd noch einmal im Kreis herumgehen?"

„Ja bitte", antwortete er.

Jeder der Menschen in dem Raum drehte nach Aufforderung eine weitere Runde. Beim Vierten sagte *Drösing* plötzlich:

„Der könnte es gewesen sein aber sicher bin ich mir nicht. Der Mensch damals hat immer seine Arme so steif hinter sich gehalten."

„Ja", sagte Hanselmann, *das hätten sie sich auch schon gedacht"* und er hörte das erleichterte Aufatmen, seines Zeugen.

Er führte ihn in einen anderen Raum und bat ihn so lange Platz zu nehmen, bis er mit einem weiteren Kollegen, der seine Aussage protokollieren würde zurückkäme.

Sie ließen sich Zeit und *Drösing* wurde immer unruhiger, schaute andauernd auf seine Armbanduhr und der Schweiß ran ihm das Gesicht herunter. Er wusste nicht, dass er durch ein verdecktes Fenster beobachtet wurde.

„Herr Drösing ich verhafte sie wegen des Verdachtes des

Mordes an Friederich Klein. geborener Dreier und Angelika Dänemann" sagte eine Person im grauen Anzug, die mit Hanselmann das Zimmer betreten hatte. Es war ein Staatsanwalt.

Der junge Bengel wurde aschfahl im Gesicht und brach zusammen.

Sie erklärtem ihm, dass alle Vorgeführten Polizeibeamte waren und er gelogen hatte.

„Nun schildern sie mal, wie sich der Mord zugetragen hat.
 Nach einer ganzen Zeit des Schluchzens begann er mit leiser Stimme zu sprechen:

Ich habe ihn nicht umgebracht. Ich wollte ihm nur einen Denkzettel verpassen.

Als ich gesehen habe wie Friederich wieder zur Angelika ging, bin ich über den Schleichweg in den Kuhstall gegangen und habe ihn aufgelauert

Damit ich diesen großen Menschen zu Fall bringen konnte, habe ich ein Seil hinter die Kühe gelegt und als er dann nach circa einer Stunde zurück kam, es plötzlich strammgezogen, dadurch ist er gefallen und ich bin auf ihn rauf gesprungen und habe ihn mit seinem Kopf in die Kuhscheiße gedrückt.

Danach bin ich aufgestanden weil ich gemerkt habe, dass ich meine Lederjacke auch mit dem Dreck beschmiert hatte. Fritz hatte sich auch aufgerappelt und gerufen: „Drösing Ich habe dich erkannt, nimm dich in Acht, das bekommst du zurück und danach hörte ich ein lautes ooh und klatsch, da ist er wohl ausgerutscht, dann habe ich nicht mehr gehört. und bin nach Haus gerannt und habe meine dreckige Lederjacke versteckt.

„Wie war das dann mit Angelika Dänemann? Die haben sie doch aus dem Krankenhaus gelockt und mit zu diesem kleinen Weiher genommen wo sie sie nach einer Vergewaltigung erwürgt und versenkt haben", sagte *Hanselmann* mit sehr erregten Worten, weil er schon wieder seine Felle wegschwimmen sah.

„Aus welchem Krankenhaus? Ich wusste nicht in welchem Krankenhaus sie liegt und wann soll das gewesen sein?"

„Wo waren sie am? äh, Hanselmann an welchem Tag ist das Mädchen aus dem Krankenhaus verschwunden? hakte der Staatsanwalt ein und stellte gleichzeitig die Frage an den Polizisten. Er war offensichtlich nicht gut vorbereitet.

Hanselmann schlug sein Notizbuch auf und nannte das Datum, das er vom Krankenhaus bekommen hatte.

Drösing überlegte lange ohne dass die beiden anderen im Raum ihn unterbrachen.

„War das ein Freitag?" Nach einem erneuten Blick in sein Buch und auf den Taschenkalender nickte der ihm zu.

„Ich glaube da habe ich Fußball gespielt. Ja richtig, wir hatten ein Nachholspiel gegen den SV Pomsen, das wir 5 zu 3 gewonnen haben. Da habe ich noch einen ausgegeben. Ich hatte drei Tore geschossen und wir haben danach kräftig gefeiert."
Die beiden Beamten schauten sich kurz an und mit: *„Wir werden das überprüfen"*, verließen sie den Raum. Der Verhaftete wurde wieder in seine Zelle gebracht.
„Das war aber nicht optimal vorbereitet Hanselmann", knurrte der junge Staatsanwalt.
„Rufen sie mich wieder, wenn sie belastbares Material besitzen. Ich werde jetzt zunächst mit dem Haftrichter sprechen müssen, wie lange wir den Jungen hier noch festhalten können."
Der leitende Beamte schäumte wegen der Kritik des Staatsanwaltes vor Wut und lies sie auch gleich an seine Kollegen aus, die in diesem Moment in sein Büro traten und denen er das Ergebnis dieser Vernehmung mitteilen musste.
„Meine Damen und Herren, was machen wir falsch? Immer wenn wir glauben wir haben den Täter, sowohl bei dem Dreier als auch jetzt beim Drösing, haben die ein Alibi. Schaffen sie mir bitte und hier wiederholte er die Worte des Staatsanwaltes, „belastbares Material heran".
„Wir blamieren uns immer wieder und das vor diesem

diensthabenden jungen Schnösel von Staatsanwalt".

„Äh, äh, das letzte haben sie nicht gehört. Verstanden?"

„Grün, lassen sie die Jauchegrube auspumpen und schauen sie nach ob sie darin eine Lederjacke finden."

Mit Hacken zusammenknallen und einem lauten: *„Jawohl Herr Hanselmann"*, verließ er das Zimmer, froh sich nicht länger die Fragen seines Vorgesetzten anhören zu müssen aber Jauchegrube leeren und nach einer Lederjacke suchen, war auch nicht gerade ein toller Auftrag.

„Rahnke überprüfen sie die Aussagen zum Fußballspiel. Ich erwarte ihre Antwort bis vierzehn Uhr. Das dürfte ja wohl nicht allzu schwer sein."

"Und nun zum Rest dieser erfolgreichen Sonderkommission", dabei lächelte griesgrämig, *„schaffen sie mir die Mörder heran, tot oder lebendig. Es muss doch wohl möglich sein in diesem kleinen Kaff mit so ein paar Menschen den oder die zu finden, die hier gemordet haben"!* Nach einer weiteren Minute in der er noch Aufträge an seine Untergebene verteilte, verließ er wutschnaubend und mit lautem Tür zu schlagen den Raum.

Den ganzen Nachmittag lief die Pumpe vor *Drösings* Jauchegrube.

Grün hatte die Nachbarbauern gebeten mit ihren Wagen, auf den die Jauchefässer montiert waren zu kommen und die Jauche auf ihre Felder zu entleeren.

Einige murrten zwar, letztendlich war die Grube aber doch gegen Abend leer.

„Ob da wohl noch eine Leiche drin vermutet wird?" flüsterte der inzwischen unförmige Ladenbesitzer seinem Nachbarn zu.

In der Zeit, wenn normalerweise die Jauche ausgefahren wird, beschwerten sie sich über den Gestank, der durchs Dorf zog, jetzt standen sie alle da und warteten neugierig das Ergebnis ab. Sie wussten aber nicht was gesucht wurde.

Grün hatte nur von Sonderermittlung gesprochen. Was man darunter auch verstehen kann, durfte sich jeder selbst ausmalen.

Dass mit einer neuen Leiche machte die Runde.

Als dann auch noch ein Mann in einer Art Taucherausrüstung erschien und angeleint in die Grube kletterte, kannte die Spannung keine Grenzen.

Es wurde schon dunkel, als die Aktion abgebrochen wurde und ohne das etwas von dem Ergebnis bekannt wurde, verließen alle dienstlichen Personen, nachdem sie die Jauchegrube wieder ordentlich verschlossen hatten den Hof.

Rahnke hatte sich nach kurzem Überlegen in sein Dienstfahrzeug geschwungen und war ohne Beachtung der Höchstgeschwindigkeit zum Vereinslokal gerast.

Er kannte die Strecke genau. Hätte daher auch wissen müssen wo der neue Blitzer steht.

Vor Wochen hatte die Zeitung über die neuste Technik der Polizei berichtet, die es jetzt ermöglicht, durchs Dorf rasenden Autofahrer zu fotografieren.

Es war eines der schönsten Porträtbilder, das ihn in seinem Wagen mit einer Geschwindigkeit von über 80 Km/h in der geschlossenen Ortschaft zeigt.

Er ist zwar Polizist, doch die Verkehrsbehörde hatte, wie später durchsickerte, nach Rücksprache mit seiner Dienststelle erfahren, dass es für den Polizisten auf dieser Fahrt keinen Grund gab, die Höchstgeschwindigkeit zu überschreiten und so fing er sich eine saftige Geldbuße ein..

Das Lokal hatte Mittagpause und die Wirtin öffnete erst nach mehrmaligem Klopfen.

Eine Klingel gab es an der Tür nicht.

Mit schlaftrunkenen Augen hörte sie sich seine Fragen nach dem Fußballspiel an diesem besagten Freitag an und rief dann ihren Mann. Sie kannte die Termine des Vereins nicht.

Der Gastwirt kramte den Terminplan des Fußballvereins hervor.

„Ja, dass stimmt, an dem Tag haben die gegen Pomsen gespielt und auch gewonnen. Ja der Drösing war auch hier.
Nach dem Sieg haben die bis in den frühen Samstagmorgen gefeiert".

„Äh, Herr Polizist, natürlich nur bis zur Polizeistunde", schränkt er die Zeit ein, bis wann er an diesem Morgen sein Lokal noch geöffnet hatte und zwinkerte mit dem Auge.

Das hatte der Alte jetzt davon, dachte *Rahnke* und meinte damit seinen Chef, warum lässt der so schnell verhaften und rast dann wie eine besengte Sau zur Dorfkneipe.

Wir hätten das in aller Ruhe abklären können.

Nun blamiert er sich erneut.

Der Junge *Drösing* wurde, nachdem diese Nachricht auf dem Revier eingetroffen war, sofort entlassen und konnte nach Haus.

Er kam gerade auf ihrem Hof an, als der Polizeitaucher nach einem weiteren Taucheinsatz am nächsten Tag triumphierend die Jake über sein Haupt reckte und alle Gaffer, die wieder im weiten Rund um den Hofe standen applaudierten ohne zu wissen warum.

Eine spätere Untersuchung, ob einmal Kuhscheiße am Ärmel gewesen war, konnte nicht mehr festgestellt werden. Die Jauche hatte alles weggeätzt.

Es gab im Dorf nicht mehr viele Personen, die für diese Morde in Frage kamen und so hatte die Sonderkommission die Suche auch auf die Nachbarorte ausgeweitet. Bislang aber ohne Erfolg.

„Wen haben wir von den Dörflern noch nicht überprüft?" stellte Hanselmann an seine Truppe eine inquisitorische Frage.

Sie gingen zuerst noch einmal alle Höfe mit ihren Personen durch, dann auch die wenigen Menschen, die einer geregelten Arbeit als Handwerker und Händler nachgingen und in Ein-oder in Zweifamilienhäusern wohnten.

Es waren alle abgecheckt worden. Bis einer der Kollegen nach dem *Mühlenhof* fragte.

Dieser Hof lag ja abseits vom Dorf auf einen kleinen Hügel.

Dort wurde vor langer Zeit einmal eine Windmühle betrieben. Jetzt gab es aber nur noch Landwirtschaft.

„Warum sind die Menschen dort nicht überprüft worden?", bellte Hanselmann los. Seine Karriere war in Gefahr.

Alle schauten sich an, keiner wusste warum.

Der Hof war durch die berühmten Roste gerutscht.

*„Sofort damit beginnen. Wieviel Personen wohnen da?".*Keiner wusste es.

„Frau Traudel rasen sie sofort zum Einwohnermeldeamt rüber und holen sie die Information."

Die sprang auf und wollte zur Tür da rief *Grün*:

„Chef soll ich sie hinfahren?" dann sind wir in einer halben Stunde wieder da." Der nickte nur.

Draußen flüsterte *Anne*, so hieß sieh mit Vornamen, dem *Grün* zu: *„Lass das sein, nachher merkt noch einer, dass wir etwas miteinander haben. Nah ja, haben wir ja noch nicht aber man könnte es denken."*

„Was nicht ist könnte ja noch werden", gab er ihr jovial lächelnd aber leise zurück und sie drohte ihm mit ihrem

Zeigefinger.

„Was haben wir eigentlich für eine Polizei?" rief *Norbert Qualle*, schon leicht vom Alkohol gerötet am einzigen runden Tisch in der Kneipe an diesem Donnerstagabend und schwang sein Bierglas über den Kopf, *„da werden zwei von unseren besten Freunden ermordet, wir stehen alle unter Verdacht, werden stundenlang verhört aber keiner ist gewesen. Wo anders suchen die erst gar nicht".*

„Die Verbrecher wohnen deren Meinung nach alle bei uns nur hier im Dorf."

Die anderen Gäste stimmten grölend mit ein.

Man konnte bald sein eigenes Wort in der Gaststätte nicht mehr hören.

„Wir sollten die Sache selbst in Hand nehmen und wenn wir den haben, kommt er ans Lasso und ab an den nächsten Baum"; rief *Berntrupps Werner*, bekannt für seine große Schnauze, wenn er einen über den Durst getrunken hat. Nüchtern kriegt er seine Zähne nicht auseinander.

Er war eingeheiratet und muss das machen, was seine *Wilhelmine* sagt und wenn er dann noch nicht spurt reißt Schwiegermutter *Herta* das Maul auf, dann kommt aber Glanz inne Hütte.

Mitten in all dem Gegröle geht die Tür auf und *Gerbers Friedrich* betritt die Gaststube.

Sofort wird es Still und alle schauen zu ihm hin.

Es ist das erste Mal, dass er nach dem Tod seiner Kinder am Donnerstag wieder zum Skat kommt.

Er nickte kurz zu den Anwesenden herüber und setzte sich an den Stammtisch.

„Friederich, wie immer?" rief der Wirt fragend ihm zu.

Als der nickte zauberte er in Windeseile das Bier ins Glas, stellte ein gefülltes Wachholderglas daneben und beides vor ihm hin.

„Wie geht es dir? Gibt es schon etwas Neues? Hat die Polizei schon Jemand gefasst? lies er einen Fragenhagel auf den Bauern los.

„Nix Neues. Wann kommen die Andern ich möchte heute mal wieder einen Skat spielen", antwortete der kurz angebunden.

„Normalerweise sind die in einer halben Stunde hier. Du bist heute etwas früher."

Nach einer Weile des Schweigens wurde es wieder lauter und einer aus der Runde brachte den Mut auf und ging an den Stammtisch.

„Friederich, du bist unser Kumpel. Wir haben gerade

beschlossen, wenn wir den kriegen, der deine Kinder", dann stutze er, „na du weißt schon, hängen wir den an den nächsten Baum."

Der Angesprochene hob sein Blick von dem vor ihm stehen Bierglas hoch und sagte dann:

„Jungs, es ehrt mich und meine Frau, wenn ihr euch über das hier im Dorf Geschehene Gedanken macht aber merkt euch, es ist hier bei uns in den letzten Monaten genug Blut geflossen, ich möchte nicht, dass ihr solche Gedanken hegt.

Der oder die Mörder werden eines Tages gefasst und ihrer gerechten Strafe zugeführt und jetzt lasst mich in Frieden, ich möchte gleich einen Skat spielen, wie ich das sonst auch immer Donnerstag getan habe".

Herrmännchen vom Mühlenhof hatte wie früher immer vor der Theke gesessen und seine Cola geschlürft.

Seit dem Erntefest, auf dem er ziemlich angetrunken am Tisch eingeschlafen ist, war es das erste Mal dass er wieder die Gastwirtschaft besuchte.

Bei der Drohung mit dem Lasso machte er sich aber plötzlich gerade und schaute zum Wirt herüber: „Mach mir mal die Rechnung fertig". „Eins fünfzig", antwortete der Wirt.

Was die Gäste verzehrt hatten, hatte er immer im Kopf, da

musste er nicht erst nachrechnen. „OK, stimmt so" und er reichte dem Wirt zwei Markstücke, nickte kurz in den Raum hinein und verschwand.

An diesem Verhalten von *Herrmännchen* war an und für sich nichts Ungewöhnliches.

Nur dem Wirt war aufgefallen, dass *Herrmännchen* als *Friederich* den Raum betrat, plötzlich unruhig auf dem Barhocker hin und her rutschte, ganz hastig seine Cola austrank und darum bat zu zahlen.

„Fünf Personen wohnen laut Einwohnermeldeamt auf dem Mühlenhof", posaunte *Grün* in die Runde der Beamten von der Sonderkommission als hätte er soeben den Mörder überführt.

Seine Fröhlichkeit war bestimmt der Tatsache geschuldet, dass er mal wieder mit *Anne* ein paar Minuten allein sein konnte.

Er hatte sie auch gleich um ein geheimes Treffen gebeten aber sie zierte sich noch wie er feststellte.

Das wird noch mal was, glaubte er zu wissen.

Dann berichtete er:

„Da ist erst einmal die Lydia, die Frau des Hauses geht an die

Siebzig,

dann Hermann der Chef ist fünfundsiebzig.

und Herrmännchen sein Sohn, wird in dieser Woche noch zweiundvierzig.

Josef Rüsterbeck der Knecht, ist schon über siebzig. Der hat sein Leben lang da gearbeitet und bekommt jetzt sein Gnadenbrot und dann haben sie noch die Alwina Lang, eine Magd in den Fünfzigern."

„Hm", meinte Hanselmann, *„lassen wir die Weiber und den Knecht mal beiseite und knöpfen wir uns den Alten und seinen Sohn einmal vor".*

„Den Senior laden wir zu uns ein und wenn der hier ist, fahren Grün und Rahnke zum Sohn auf den Hof, damit die sich nicht absprechen können".

„Aber nicht sofort. Lasst ruhig noch ein paar Tage ins Land gehen", wenn sie etwas mit den Morden zu tun haben, fühlen sie sich entweder sicher, weil sie bis jetzt nicht, wie alle anderen, vernommen wurden oder nervöser, weil sie noch nicht dran waren.

Montag laden wir den Alten zu Mittwoch acht Uhr vor".

Der Druck seiner Vorgesetzten und die Berichte in den Zeitungen, die sich schon über ihre Polizei lustig machten, wie: *„Jeder, der mal einen übern Durst getrunken hat wird* seinen *Führerschein los, wenn sie ihn erwischen. Funktioniert die Handbremse am Fahrrad nicht, gibt es einen Strafzettel. Nur Mörder, die können sie nicht fangen, da sind sie zu Intelligent zu"*, wurde gehöhnt. Das saß.

Bei *Hanselmann* wurden mit einem Mal wieder Techniken in sein Gedächtnis gerufen, die er zwar in der Ausbildung erlernt aber bislang nie benutzt hat.

Alles war seither im Behördentrott dahin gekrochen und versickert.

Gahlmanns hatten natürlich auch von den Ereignissen erfahren und trauerten mit den *Dählmanns* um deren Kinder.

Er hatte schon lange gewusst was sich hinter dem Fenster von *Angelika* abspielte und wie einst bei *Meierlings* hatte er nachts wieder mit seinem Fernrohr auf der Lauer gelegen und notierte die Besucher die dort anklopften.

Einige kannte er aus dem Dorf. Einige waren ihm fremd.

Seine Generation war aber nicht mehr vertreten.

Die hatten wohl die Nase voll.

Es kann auch sein, dass die Geldspende, die sie einst in den Opferstock der Kirche werfen durften, sie von nächtlichen Abenteuern abhielt.

Er nahm auch nicht an, dass dieses junge Mädchen sie noch hereingelassen hätte.

Nun überlegte er, ob er der Polizei seine Notizen übergeben sollte, entschied sich aber nach längerem Überlegen, es nicht zu tun.

Es könnte ja herauskommen, dass er sich auch damals, von dem Treiben mit *Meierlings* Magd Notizen gemacht und diesen netten Brief geschrieben hat, der die Besucher um einige Märker erleichtert und die Kirche reicher gemacht hat. Zudem war die *Angelika* ja nicht zu Hause ermordet worden, sondern im Weiher ertrunken aufgefunden worden.

„Herr Mühlen", sprach Hanselmann bedächtig, *„waren sie eigentlich auch auf dem Fest, nachdem der Junge Dänemann tot im Stall von Friederich Dänemann aufgefunden wurde?"*

Er hatte wie abgesprochen den alten Mühlen vorgeladen und parallel dazu waren *Grün* und *Rahnke* zum *Mühlenhof* gefahren, um den jungen Mühlen zu vernehmen.

„Ne, nicht das ich wüsste."

„Was heißt, nicht das ich wüsste? Sie müssen doch wissen ob sie auf dem Fest waren. Einige haben sie dort gesehen",

behauptete er einfach und merkte wie der Alte nervös wurde.

„Wir waren ja bei Dänemann an dem Nachmittag eingeladen und mein Sohn ist dann mit der Tochter zum Fest gegangen."
„Ja richtig wir sind da noch gemütlich hingeschlendert.
Dänemann war auch dabei.
Unsere beiden Frauen haben noch eine Bratwurst gegessen und wir haben ein paar Bier getrunken."
„Wie lange waren sie da?". „Das kann ich nicht mehr sagen".
„Kann ihre Frau das noch wissen?".
„Da müssen sie sie selbst fragen, ich weiß das nicht mehr so genau."
„Herr Mühlen würden sie einmal ein paar Schritt hier durch den Raum gehen."
„Warum das denn?"
„Ich will nur einmal sehen wie sie so gehen."
Der alte Mühlen stand auf und schritt steif durch den Raum hin und zurück.
„Haben sie einen Gehfehler? Sie ziehen ihr rechtes Bein etwas nach?"
„Da ist mir vor Jahren eine Kuh rauf getreten und davon ist etwas zurückgeblieben. Behindert mich nicht besonders."
„Herr Mühlen, die Angelika soll nachts öfter Besuch von einer

Person gehabt haben die, genau wie sie sein rechtes Bein nachzieht. Sind sie das gewesen?"

„Das schlägt doch dem Fass den Boden aus. Ich alter Sack soll zu diesem jungen Mädchen gegangen sein? Meinen sie, dass die mich hereingelassen hätte?"

„Wir haben nachmittags mit *Dänemann*, seiner Frau und die *Angelika* zusammengesessen".

„Meine Frau und unser Sohn war auch dabei".

„Beide Familien waren sich einig, dass unsere beiden Kinder heiraten und die Höfe miteinander verschmelzen und da meinen sie, dass ich meine zukünftige Schwiegertochter erst einmal ausprobiere?"

Hanselmann merkte, dass er sich verrannt hatte.

Er bedankte sich für die Auskünfte und entließ den alten Mühlen.

Auf dem Flur begegnete er seinen Sohn in Handschellen, der von *Rahnke* und *Grün* hereingebracht wurde.

„*Vatter, hilf mir*", flehte der ihn an, „ich soll den *Friederich* und die *Angelika* umgebracht haben."

Der Alte machte auf dem Absatz kehrt, drohte mit seine Krückstock und brüllte: *"Ihr seid wohl alle verrückt geworden, erst soll ich der Mörder sein und jetzt mein Sohn!"*

Dann wurde ihm aber die Tür vor der Nase zugeschlagen

und er setzte sich wutschnaubend auf den einzigen Stuhl, der auf dem Flur stand.

Hanselmann schaute seine beiden Polizisten misstrauisch an als sie ihm stolz berichteten, dass sie nun den Mörder der beiden Kinder von *Gerbers* Hof gefasst hätten.

Sie waren allein im Raum, den Jungen hatten sie in eine Zelle gesperrt.

Bis jetzt hatten sie immer in den Scheißpott gegriffen, wenn sie meinten sie hätten Jemanden überführt, der die Taten begangen hat.

Er wollte diese Meldung auch nicht an seine Vorgesetzten weitergeben, hatte sich oft genug blamiert.

„Nun erzählt mal, was hat er denn zugegeben?"

„Ja, zugegeben hat er nichts aber er kann es nur gewesen sein."
„Warum?"

„Er war mit der Angelika zum Fest gegangen." Aha, dachte *Hanselmann*, stimmt das also doch, was der Alte ihm erzählt hat.

Grün führte weiter aus:

„Dann hätten sie was getrunken und da er keinen Alkohol verträgt, habe er sich an einem Tisch gesetzt und war eingeschlafen.

Nachdem die Musik aufgehört hatte zu spielen war er

wach geworden und hatte noch gesehen wie seine *Angelika*, wie er sagte: Seine *Angelika* mit einem anderen Bengel nach Haus gegangen. Ist. Da ist er in sein Auto rein gesprungen und losgefahren aber nicht zu Gerbers, sondern erst nach Haus und hat das Auto weggebracht.

Dann hat er ausgesagt, das habe ich notiert: *„Zu Fuß bin ich dann zurück. Vom Mühlenhof bis ins Dorf. Zu Gerbers geht man gut dreißig Minuten. In dieser Zeit hatte sich meine Wut abgekühlt und ich habe überlegt ob ich überhaupt noch hingehe“.*

„Auf dem Hof ist mit einem Mal der Postbote hinter der Scheune hergekommen und hat mich gefragt, wo ich hinwolle.“

„Ich habe ihm geantwortet, dass ich zu meiner Freundin will.“

„Wer das denn sei hat der Postbote mich dann wieder gefragt und ich habe Angelikas Namen genannt.“

„Herrmann, hat er dann gesagt, überlege mal es ist halb Fünf, die schläft schon lange“. „Komm mit mir mit, wir trinken bei mir noch ein Bier und da bin ich mitgegangen und erst um sechs nach Haus gekommen.“

„Da er aber keinen Zeugen für diese Aussage hat, haben wir ihn wegen dringenden Tatverdacht mitgenommen“, fügte *Grün* dann wichtigtuend an

„Meine Herren überlegen sie mal. Der hat doch einen Zeugen,

wenn das stimmt."

„Wen denn?" „Den Postboten".

„Wenn das stimmt was der sagt, hat er doch ein einwandfreies Alibi.". „Sofort überprüfen!"

„Auf zum Postboten. Kennt ihr seine Adresse"?.

„Ja das ist Flitze Jäger. Wie er richtig mit Vornamen heißt fällt mir gerade nicht ein aber ich weiß wo der wohnt", sagte *Grün. „Wir sollten aber noch bis Nachmittag warten, dann ist er von seiner Tour zu Hause".*

„Machen sie das meine Herren und bringen sie mir diesen Menschen, dass ich ihn mir vorköpfen kann", dann verließ er den Raum und stieß wieder auf den wütenden alten Mühlen vor der Tür.

„Lass sofort meinen Sohn frei, der hat auch nichts getan"; brüllte der ihn so laut an, dass einige Türen aufgingen und die Beamten nach dem Rechten sahen.

„Herr Mühlen beruhigen sie sich. Wir müssen genau wie bei ihnen sein Alibi überprüfen und wenn alles in Ordnung ist, könne sie ihn hier wieder abholen."

„Ich verlasse dieses Gebäude nicht eher bis mein Junge frei ist", dann drehte er sich wütend um und schaute zur anderen Seite

„Bitte schön der Herr, wir haben durchgehend geöffnet",

entgegnete Hanselmann und verließ den Flur.

„*Herr Jäger*", sprach *Grün* den Postboten höflich an, *wir müssen eine Alibiüberprüfung durchführen, sind sie bereit uns Auskunft zu geben?*".
„*Ja bitte, kommen sie herein.*"
Im Stillen dachte er, was will das Kamel von mir und warum siehst der mich, sonst quatsch er mich doch immer mit Du an.
„*Wir sind immer noch dabei die Morde hier im Ort aufzuklären und da möchten wir gern von ihnen wissen, ob sie an dem Morgen nach dem Fest eine Person mit nach Haus genommen haben?*".
Flitze überlegte einen Augenblick, dann erhellten sich seine Gesichtszüge:
„*Ja, ich traf den jungen Mühlen und habe ihn mit zu mir genommen. Wir haben noch ein Bier getrunken und dann ist der nach Haus gegangen.*"
„*Wie spät war es da und wo haben sie ihn getroffen?*".
„*Das war noch sehr früh. Ne, doch schon so gegen fünf halb sechs und der stand mitten im Dorf vor Gerbers Haus.*"

Die Beiden Beamten bedankten sich und fuhren zur Dienststelle zurück.

„Der Mühlen hat ein astreines Alibi, den müssen wir sofort freilassen", meinte *Rahnke* zu *Grün*.

„Da wird der Alte wieder toben", antwortete *Grün* als sie auf den Hof des Polzeigebäudes fuhren.

Herrmännchen wurde noch in der gleichen Stunde aus der Zelle geholt und fuhr mit seinem Vater nach Haus.

Der Chef tobte als er von dem Gespräch und der Freilassung des jungen *Mühlen* hörte.

„Habt ihr den Postboten denn mal gefragt, wo der um diese Zeit herkam?" „Wenn nicht, fahrt ihr da sofort wieder hin und bringt ihn mir hierher."

Die beiden Polizisten, luden den Postboten ein, setzten sich auch in ihr Auto und brachten ihn zur Wache.

Es war eine mühsame Vernehmung und dauerte mit abwechselnden Vernehmungsbeamten mehrere Stunden.

Der Postbote verstrickte sich immer mehr in Widersprüche, bis er dann so in die Ecke gedrängt war und zugab, in der Nacht *Angelika* besuchen zu wollen.

In dem Moment als er durch den Kuhstall auf dem Schleichweg zu dem Fenster der Tochter wollte, ist ihm eine Gestallt hinter den Kühen entgegengekrochen, hat ihn laut angeschrieben und gedroht ihn einen aufs Maul zu schlagen, wenn er nicht sofort verschwindet.

„Angelika ist meine Braut da hast du nicht zu suchen"; hätte er laut gerufen und im Knien versucht auf ihn einzuschlagen.

Er hätte sich nur gewehrt und ihm einen Schlag versetzt, dann sei er sofort aus dem Stall gelaufen, denn der Mensch im Stall war kniend fast genau so groß wie er gewesen und da hätte er Angst bekommen.

Er ist dann durch die Scheune von *Gerbers* Hof zurückgelaufen. Da stand mit einem Mal *Herrmann Mühlen* vor der Scheune, den hat er dann mit zu sich nach Haus genommen und mit ihm noch ein Bier getrunken.

„So war das, da können sie den Mühlen fragen."

Die Aussagen der Beiden deckten sich und *Hanselmann,* glaubte nicht, dass sie abgesprochen waren. *Flitze Jäger* blieb aber zunächst in Haft.

Es bestand weiterhin dringender Tatverdacht.

Selbst wenn er ihn nur geschuppt oder gestoßen hat und der, auch angetrunken, zwischen die Kühe gefallen und totgetreten wurde, konnte man immer noch von einer gefährlichen Körperverletzung mit Todesfolge sprechen.

Ein ausreichender Haftgrund.

Grün und *Rahnke* waren während der Vernehmung zum Haus von *Jäger* gefahren und hatten die Wohnung durchsucht. Dabei fanden sie auch ein Feuerzeug, ähnlich wie es im Kuhstall gelegen hatte.

In einem kleinen Keller wurde auch eine Flasche mit E 605 gefunden. Die war zwar schon älter aber auch schon benutzt.

„Wozu benötigt ein Postbote E-605?", stellte *Hanselmann* die Frage.

Flitze riss die Augen groß auf als er noch einmal in der Zelle damit konfrontiert wurde.

Waren die doch bei ihm gewesen und hatten sein Haus durchsucht, dann sagte er: *„Meine Herren ich sage jetzt nichts mehr ohne einen Anwalt"*.

Er merkte dass es unangenehm für ihn wurde und bat darum ihm einen Anwalt zur Seite zu stellen.

„Da war doch was mit den drei Kühen und ein paar Schweinen beim Gahlmann vor ein paar Jahren", rief *Grün* mit einem Mal in die Runde der Sonderkommission.

„Welche Kühe und Schweine?" fragte *Hanselmann* sofort und *Grün* erzählte von den Todesfällen der Tiere im Stall

von *Gahlmann*. Es soll zweifelsfrei Gift gewesen sein aber en Täter konnte nicht ermittelt werden.

„Das kann in dem Dorf auch jeder andere gewesen sein", hakte *Rahnke* ein.

„In diesem Dorf hasst jeder den Gahlmann, weil er so erfolgreich ist."

„Sein Haus haben sie ihm auch angezündet und es wurde keiner ermittelt."

„Hier gilt das Gesetz von den Krähen mit den gegenseitigen Augenauskratzen."

„Wir werden uns den Burschen morgen noch einmal vorknöpfen, bevor er einen Anwalt hat, ich glaube da kommt noch mehr ans Tageslicht", sagte Hanselmann zum Schluss.

Es war ja spät geworden.

„Frau Traudel suchen sie mir morgen alle Unterlagen über die Vorkommnisse auf dem Hof Gahlmann heraus", war dann seine letzte Anweisung und sie gingen nach Haus.

Am nächsten Mittag wunderten sich die Dörfler, dass sie keine Post und auch keine Zeitung bekamen.

Bis auf *Horst* in seinem Laden hatte von der Verhaftung ihres Postboten bis jetzt noch keiner Wind bekommen und der verkündete es ganz geheimnisvoll es seinen Kunden:

„Aber keinen weitersagen."

Diese Botschaft hatte ihm *Grün* gesteckt als er seine Zigaretten kaufte, mit der Maßgabe es keinen weiter zu erzählen.

So war das in diesem Dorf. Wusste Einer was, wusste Jeder was.

Durfte nichts herauskommen, hielten aber auch alle dicht, zu mindestens die Landwirte.

Die größten Quatschtanten waren *Flitze* und *Grün*.

Am andern Morgen wurde das Verhör des Postboten fortgesetzt.

Jäger hatte nicht mehr darauf bestanden sofort einen Anwalt zur Seite gestellt zu bekommen, als man ihm Hafterleichterung, eventuell auch Entlassung aus der U-Haft versprach.

Er gab zu die Kisten mit dem Rattengift vom Querbalken in *Gahlmanns* Kuhstall in den Trog gestoßen und auch ein paar Tropfen E605 ins Schweinefutter gemischt zu haben, um den *Gahlmann* zu ärgern, weil der ihm eins aufs Maul gehauen hat.

Mit dem Brand habe er aber nichts zu tun, das sind andere gewesen.

„Aha, meine Herren, das sind Andere gewesen. Haben sie es

gehört, was er ausgesagt hat? Es gibt noch andere Freunde in diesem Dorf, die Gahlmann lieben. Wir kommen der Sache näher", verkündete er triumphierend.

„Nun müssen wir nur noch den Mörder von *Angelika Dänemann* und den Brandstifter finden."

Die Presse brachte am nächsten Tag auf ihrer ersten Seite, ein Bild von Polizeihauptkommissar *Hanselmann*, mit der Meldung:

Polizei klärt den Kuhstallmord auf!

Im Text wurde dann das beschrieben was *Hanselmann* ihnen gesagt hatte, dass der Tod des jungen *Dänemann* fast aufgeklärt ist, wobei die Todesursache noch nicht genau feststeht, weil mehrere Personen mit ihm im Kuhstall Streit wegen einer Frau hatten und es nicht nur zu verbalen Auseinandersetzungen gekommen ist, sondern auch Tritte und Schläge ausgetauscht wurden.

Danach sei er wohl ausgerutscht und zwischen die Kühe geraten.

Es gab ein Geständnis bezüglich der Vergiftung der Kühe und Schweine vor ein paar Jahren beim Bauern *Gahlmann*. Die Festnahme des Mörders von Frl. *Dänemann* und der Brandstiftung bei Gahlmann ständen kurz bevor.

10.000 Mark hätte *Friederich Dänemann* demjenigen

versprochen, der den Mörder seiner Tochter nennt und *Gahlmann* hat 20,000 Mark für den ausgesetzt, der den Brandstifter anzeigt.

Das Letzte stimmte zwar nicht und war eine reine Zeitungsente aber die Meldung sollte den oder die Täter nervös machen.

Diese Meldung machte einige im Dorf nervös.

Jeder verdächtigte den Anderen und äugte misstrauisch beim Bier in der Kneipe als auch im Laden beim *Horst*, ob er etwas an ihm entdecken könne, dass auf eine Tatbeteiligung hinwies.

„So ein bisschen Taschengeld kann man ganz gut gebrauchen", wurde allgemein hinter vorgehaltener Hand geraunt.

Trotzdem dauerte es noch einige Wochen bis der Kommissar Zufall den Brandstifter ermittelte. Es waren Jungs gewesen, sie hatten gesehen wie der Bauer und seine Frau in die Stadt gefahren sind und hatten sich in ihre Butze auf dem Strohboden des alten Bauernhauses geschlichen.

Da Einer von ihnen Zigaretten mithatte, wurde eine gepafft. Sie haben danach den Boden wieder verlassen und nichts Böses geahnt, bis das Haus in hellen Flammen stand.

Es muss wohl eine Kippe ins Stroh gefallen sein und hat das Stroh entzündet.

Obwohl sie sich ewige Treue geschworen hatten, hatte einer von ihnen in der Schule gepetzt und als jetzt in der Zeitung stand, dass *Gahlmann* so viel Geld für die Ergreifung des Brandstifters ausgesetzt hat, hatte ein Mädchen ihrer Mutter erzählt sie wüsste wie das Feuer entstanden ist:

"Ich sage es dir aber nur, wenn ich von dem Geld was abkriege, das der Gahlmann bezahlen will."

Die Fähigkeit Geld zu verdienen, auch wenn man seine Freunde verpfeift, wurde hier auf dem Dorf den Kindern scheinbar schon in der Wiege beigebracht.

Da alle Jungs zum Tatzeitpunkt noch nicht strafmündig waren, blieb es bei einer Verwarnung und auch ihre Eltern konnten nicht belangt werden.

Gahlmann hat dann widerwillig doch die 20.000 Mark herausgerückt und das Mädchen hat ein Fahrrad bekommen.

Mit der Aufklärung des Todes von *Angelika* ging es nicht recht weiter. Immer, wenn Sie meinten die Sache aufgeklärt zu haben, ran ihnen ihr vermeintlicher Erfolg wie Sand durch die Finger.

Eines Tages klopfte der Pfarrer des Dorfes bei *Hanselmann* im Polizeirevier an die Tür und bat um ein Gespräch.

Nach langem herumdrucksen sagte er dann, dass sich bei ihm ein reuiger Sünder gemeldet hat, der mit dem Tod von *Angelika Dänemann* etwas zu tun hat.

Hanselmann fuhr wie elektrisiert in die Höhe und war sofort ganz Ohr.

„Her Hanselmann", begann der Pfarrer", *„ich habe gestern einen Brief von einem ehemaligen Kirchenglied erhalten, den ich ihnen übergeben soll."*

Er reichte das Papier dem Polizisten über den Schreibtisch, der es gierig an sich riss und zu lesen begann.

„Sehr geehrter Herr Pastor Meuter,
ich bin zwar nur kurzzeitig in Ihrem Dorf gewesen und habe auch nur selten am Gottesdienst teilgenommen, trotzdem wende ich mich an Sie mit der Bitte für mich zu beten, denn ich habe Schuld auf mich geladen, zu der ich aber nichts kann.
Allein, dass ich nicht den Mut hatte zur Polizei zu gehen um einen schlimmen Unfall aufzuklären, macht mich beschämt und

tief traurig.

Aus diesem Grund habe ich auch das Dorf wieder verlassen und befinde mich jetzt im Ausland.

Auf dem einem Fest im Dorf hatte ich beim Tanzen Frl. Dänemann kennengelernt und mich in sie unsterblich verlieb.

Wir wollten uns in der kommenden Woche treffen.

Da wurde aber nichts draus, sie kam ins Krankenhaus und musste lange dort verbleiben.

Eines Tages erreichte mich ein Brief von ihr, den ich als Anlage beigefügt habe, in dem bat sie mich sie im Krankenhaus zu besuchen.

Ich borgte mir von meinem Chef sein altes Auto und fuhr zu Ihr.

Sie hatte schon auf mich gewartet. Gleich hinter der Klinik stieg sie zu mir in den Wagen und wir fuhren ziellos durch die Gegend.

In der Nähe eines kleinen Sees hielt ich an und wir wanderten am Ufer entlang.

In uns hatte sich so viel Liebe aufgestaut, dass wir es nicht erwarten konnten.

Wir legten uns in Gras und liebten uns. Sie war vor Freude über unser Zusammensein so wild, dass sie beim Höhepunkt unserer Liebe aufsprang und dabei auf dem abschüssigen Ufer des Sees abrutschte und ins Wasser glitt.

Ich konnte sie gerade noch an ihren Hals greifen und versuchte sie herauszuziehen.

Es gelang mir nicht. Sie versank in dem tiefen Wasser und ich konnte sie nicht mehr sehen.

Ich hatte nicht den Mut Hilfskräfte zu alarmieren, weil ich starr vor Angst war.

In meiner Panik bin ich zu meinem Wagen gelaufen und habe den Unglücksort fluchtartig verlassen, danach das Auto wieder zum Hof gebracht und am nächsten Tag gekündigt und sofort das Dorf verlassen.

Selbst als man ihre Leiche nach einigen Tagen fand, wie ich aus der Zeitung erfuhr hatte ich nicht den Mut mich zu stellen.

Wer hätte mir schon geglaubt und wer glaubt mir heute, dass es so gewesen ist?

Darum habe ich mich noch einmal in einem Brief bei Dahlmanns bedankt und bin außer Landes geflohen.

Ja ich sage bewusst geflohen. Wer glaubt einen armen Knecht schon. Im Dorf hätte ich auch nicht mehr bleiben können. Verzeihen Sie mir und sagen sie den Eltern von Angelika, dass ihre Tochter mir vor ihren Tod in Liebe zugetan war.

Ihr Julius Panther

PS: Übergeben sie anschließend den Brief der Polizei damit sie die Umstände, die zum Tod meiner Angelika geführt haben

keine weitere Aktion ihrerseits notwendig machen und
unschuldig Verdächtige wieder in Gemeinschaft des Dorfes
aufgenommen werden.

Hanselmann saß lange schweigend und starrte auf das
Papier, dann rief er, noch in Anwesenheit des Pastors
seine Kollegen von der Sonderkommission *„Kuhstall"* in
den Raum und als alle Platz gefunden hatten, verlass er
laut den Brief, den er soeben vom Pfarrer erhalten hatte.
Alle saßen mit großen Augen da, einige schüttelten mit
dem Kopf.
Da hatten sie sich so viel Mühe gegeben diesen Fall
aufzuklären und dann stellte er sich als ein Unglückfall
da.
Hanselmann atmete noch einmal kräftig durch und sagte
dann:
„ Kolleginnen und Kollegen,
wir haben gemeinsam so viel Arbeit mit diesem Fall gehabt.
Viele von uns haben bis zur Erschöpfung daran gearbeitet.
Sollen wir jetzt froh sein, dass er sich so erledigt hat?, ich weiß
es nicht." „Trotzdem werden wir die Aussagen in diesem Brief
noch einmal mit den Verletzungen am Körper der Toten, die ja
im Bericht der Ärzte festgehalten sind überprüfen und

versuchen an den Briefschreiber heranzukommen.

Wenn er wirklich irgendwo im Ausland ist, wird uns das sicher nicht gelingen.

Herr Grün, Sie sollten jetzt Kontakt mit den Eltern aufnehmen und ihnen diesen Brief übergeben, damit sie wissen das ihre Tochter nicht hat leiden müssen bevor sie starb.

Herr Pastor ich danke ihnen auch im Namen aller Kolleginnen und Kollegen, dass sie dieses Schreiben unverzüglich an uns weiter gegeben haben.

Die Sonderkommission „Kuhstall" ist hiermit aufgelöst.

Autor:

        Klaus-Dieter Rommelmann (CLAUDIRO)

Bereit erschienene Romane und Erzählungen:

„Geld kann man sicher wiederbeschaffen, nur die schönen Stunden nicht"

Kleine Geschichten aus dem täglichen Leben, teilweise in der heimatlichen, plattdeutschen Sprache
Druck und Verlag: *epublik GmbH Berlin* . 2012

„Nur die Erinnerung bleibt"

Die Erlebnisse eines Eingeborenen in seinem Heimatdorf. Von frühester Jugend bis heute.
Herstellung und Verlag: Bod - Books on Demand, Norderstedt. 2014

„ENTENMANN"

Der Mensch, der nur links einen gesunden Fuß hat
Erotischer Thriller
Druck und Verlag: Persimplex Verlagsgruppe Schwerin. 2016

Zeitfracht Medien GmbH
Ferdinand-Jühlke-Straße 7
99095 Erfurt, Deutschland
produktsicherheit@kolibri360.de